麦萌萌／著

惟愿时光不辜负

像林徽因那样做女神
像张幼仪那样做女人

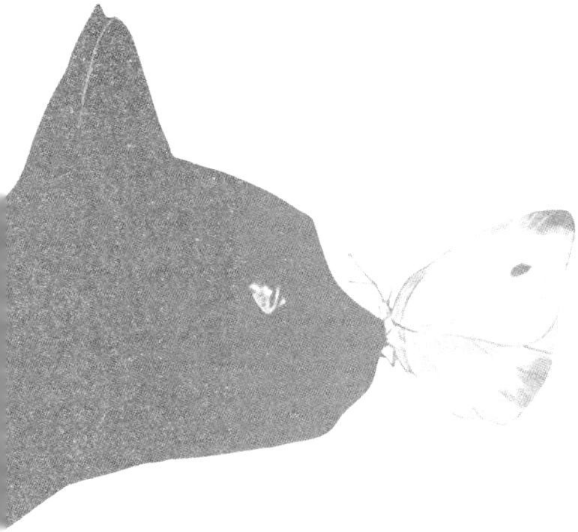

时代出版
时代出版传媒股份有限公司
北京时代华文书局

图书在版编目（CIP）数据

惟愿时光不辜负 / 麦萌萌著. 一北京：北京时代华文书局，2015.9
ISBN 978-7-5699-0552-6

Ⅰ. ①惟… Ⅱ. ①麦… Ⅲ. ①散文集－中国－当代 Ⅳ. ①I267

中国版本图书馆CIP数据核字（2015）第224996号

惟愿时光不辜负

著　者 | 麦萌萌

出 版 人 | 杨红卫
选题策划 | 胖　茶
责任编辑 | 李凤琴
装帧设计 | 润和佳艺
责任印制 | 刘　银　王　洋

出版发行 | 时代出版传媒股份有限公司　http://www.press-mart.com
北 京 时 代 华 文 书 局　http://www.bjsdsj.com.cn
北京市东城区安定门外大街136号皇城国际大厦A座8楼
邮编：100011　电话：010-64267955　64267677
印　刷 | 北京毅峰迅捷印刷有限公司　010-89581657
（如发现印装质量问题，请与印刷厂联系调换）
开　本 | 635 × 965mm　1/16
印　张 | 14
字　数 | 250千字
版　次 | 2015年11月第1版　2015年11月第1次印刷
书　号 | ISBN 978-7-5699-0552-6

定　价 | 35.00元

序

话说，女人对于女人很少有真正的赞美和羡慕，溢美之词中更多的是透着酸溜溜的嫉妒，可在评价女神的标准上，女人们却不约而同地达成了共识。不信，你去问吧，“林徽因”这个名字，对于任何一个女人来说，都是一个仰望，不管在当时，还是多年后的今天，她都是所有女人梦寐以求的样子。

我们常常要借助一个男人的光线，才能看见他背后的女人，但林徽因是一个例外。在她身上，折射着许多优秀男人的光芒，而她反过来又为这些男人增添了光彩，我们举着她“这支蜡烛”，把那些有着别样才情与身世的男人照看得更加清楚：梁启超、胡适、梁思成、徐志摩、金岳霖、费正清、沈从文、张奚若……这串散发着光芒的名单里，间或瞥见林徽因的衣袂飘动，她与他们终生保持着或父或兄、或亲或友的深厚情感。

对于任何一个男人来说，林徽因给男人带来的是一种精神上的满足，她美丽、知性、有学识、善解人意，可以说，她满足了男人对女性的全部想象。“林徽因”这个名字在男人的心中是上升的，飘忽的，艺术化的，摆脱了烟火气的。她是翩若惊鸿的女神，踩着云彩，在空中舞蹈，她脚底下匍匐着的全是她的信徒。佳人虽逝，但她早已隔着烟波岁月，隔着那些男子的深情，成为书页中的一个剪影。

有人说，林徽因之所以如此传奇，并不是因为她有多美，也不是因为她多有才，而是比她漂亮的女子没有她有才，比她有才的女子没有她漂亮，而既漂亮又有才的女子大多是交际花。在文学领域里，漂亮的女作家的确不多，有一种说法是，漂亮的女子多陶醉于自身姿色，光凭美丽的容貌就会有无数名士追随左右，衣食无忧。而林徽因却没有让自己的容貌成为自身唯一的资本，而是戴上智慧的翅膀，游刃有余地把握着爱与友谊的距离，让自己永远存活在诗人和哲学家的梦里。

20世纪30年代，20岁的林徽因在北京的文化圈里，一直以才貌双全而闻名。在徐志摩的引领下，她写得一手音韵极美的新诗，业余创作的散文、小说、戏剧具有专业水准；她是建筑史研究中卓有建树的学者，卷起袖子就可伏案设计新建筑；她还在家里开了个沙龙，聚集了一大批当时中国著名的文化学者；她与梁思成情投意合，与徐志摩、金岳霖之间保持着超凡脱俗的亲密友情。

她曾旅英留美，既秉有大家闺秀的风度，又具备中国传统女性所缺乏的独立精神和现代气质。显然，她是一个既有容貌也有智慧的女子，在她的一生中，没有人能够轻视她的存在。

甚至林徽因的早逝，也留给同辈亲友惘然的失落，因为她的离去，也预示着他们最具创造力的黄金年华的结束。用林徽因的儿子梁从诫对母亲的评价来形容，林徽因“算得上是一位多少带有一些‘文艺复兴色彩’的人，即把多方面的知识和才华——文学的和科学的，人文学科和工程技术的，东方的和西方的，古代的和现代的汇集于一身，并且不限于通常人们所说的‘修养’。而是在许多领域都能达到一般专业者难以企及的高度。”

林徽因被后人喻为“一个人文符号”，是“中西文化的完美融合”和“中国知识女性的杰出代表和光辉典范”，而她可能并不在乎这些光环，觉得自己不过是做到了一个真实的自己而已，但这样的女子是被人仰望的。

说到林徽因，大多数人都会想到另一个人的名字，那就是徐志摩。说也奇怪，徐志摩与林徽因的那段往事也许只是一个“偶然”，但是在大多数人的心中，徐志摩的光芒却盖过了林徽因生命中的男主角梁思成，究其原因或许是大家对诗人纠葛不清的爱情传奇更加充满好奇和探究，而在林、徐这段感情里，张幼仪是不得不提及的一个人。

曾经看过一段描写徐志摩情感故事的文章，关于徐志摩和林徽因与张幼仪的那段如烟往事，文中这样说道：“张幼仪和徐志摩的婚姻，就像是贾宝玉与薛宝钗的那段‘金玉良缘’。无论宝钗怎样温婉得体，讨得众人欢心，而宝玉的心里，只装着林妹妹，永远不爱薛宝钗。”

相对于林徽因来说，张幼仪就像乡间常见的碎花布，不洋气也不时尚，虽然合乎大众人的审美，但却引不起男人们的兴致，她就是一般的女人，是贤妻良母的典型，是一个实实在在、普普通通的女人。徐志摩根本不想去探究她的真善美，他自顾着那浪漫的情怀，想要活得像诗一样恣意。

若不因为徐志摩这个名字，张幼仪的名字也大概不会被提及。除了深谙近代文学史的人和文艺男女青年，又有几人知道张幼仪不仅仅是个家庭妇女，她更是一个商界传奇。

“我不会写诗，不懂浪漫，也不懂志摩吧！”或许她真的是缺少了这份资历而遭到徐志摩的鄙视，而没能为自己的人生留一段才子佳人的传说。不会写诗，不懂浪漫，不等于没有才情，现实中的张幼仪，她的才情是不次于林徽因和陆小曼的。

当林徽因吟咏四月天的美，当陆小曼描画着曼妙的转身，张幼仪只能躲在背后看别人的风景。面对所有的不公，她不声张、不悲怨，自始至终坚守在自己的位置上，抛弃所有喧嚣与浮华，提升自己，修炼自己。最终，她穿着西装优雅地向我们走来。

与徐志摩离婚之后，张幼仪曾留学德国，回国后担任上海东吴大学德语教授、上海女子商业银行副总裁；与此同时，张幼仪的八弟张禹九，与徐志摩等四人开了一家云裳服装公司，她又出任该公司总经理。后来，她的二哥张君劢主持成立了国家社会党，张幼仪又应邀管理该党财务。

去德国前，“怕”字盘踞在她柔弱的心中，怕离婚，怕做错事，怕丈夫不喜欢自己，这种怯生生的活法不但没有给她带来安慰，还每每都受到伤害；去德国后，她遭遇了人生的最沉重的怆痛，被丈夫抛弃，爱子夭折，一个女人的人生最晦暗时光不过如此。跌入谷底的伤痛激起了她心底的勇气，她抛却了依赖别人的幻想，也终于可以从那张看不见的网中挣脱，呼吸一下新鲜的空气，她明白自己若不勇敢，没有人替你坚强，她再不愿接受别人的怜悯和同情，要按自己的想法去生活。那个如鼹鼠般躲在婚姻地洞，惶恐不可终日的沙士顿主妇不见了，“优雅、勇敢”的张幼仪向我们走来。

目录

惟·愿·时·光·不·辜·负

林徽因：人间四月有情天

有人说，做女子当如林徽因。的确，在近现代史上，没有哪个女人能像林徽因那样，活着的时候，有那么多人围绕在她的身边，离开后还有更多的人关注她的故事。她是完美女神的标杆，是让人仰望的女子，更是一个传奇。她早已隔着烟波岁月，隔着那些男子的深情，成为书页中的一个剪影。

Part 1

不美丽不足以称女神

——悦纳自己，绽放独一无二的魅力

如果一百个人来问我完美女神的标准，那么我一百次都会回答说是林徽因。是的，她是一个传奇，是只能让人仰望的女子。

外貌是女人不可或缺的资本

林徽因是那个时代公认的“民国第一美人”，清丽的容貌，良好的教养，得体的举止，优雅的气质，渊博的知识，既秉有大家闺秀之 风度、江南女子之秀气，又有着中国传统女性所稀有的独立精神和现代气质。她美得清冷，美的没有丝毫的瑕疵，干干净净，清清爽爽，就如她自己的诗歌：“你是人间四月天。”见过林徽因，能不为之倾倒的男性恐怕并不多，就连女人也会由衷地赞叹。

有人曾问冰心：“林徽因与陆小曼谁更美？”冰心回答说：“林徽因俏，陆小曼不俏。”王贵祥在《林徽因先生在宾夕法尼亚大学》中也讲到一个美国女孩心目中的林徽因是“一位高雅的、可爱的姑娘，像一件精美的瓷器。”

林徽因的美是公认的，和梁思成一起在美国留学的同学也说：“思成能赢得她的芳心，连我们这些同学都为之自豪，要知道她的慕求者之多犹如过江之鲫，竞争可谓激烈异常。”

林徽因知道自己的美，也懂得享受自己的美。林徽因的堂弟林宣说过一件趣事：“林徽因常常在晚上写诗，还要点上一炷清香，摆一瓶插花，穿一袭白绸睡袍，面对庭中一池荷叶，在习习的清风中酝酿佳作。我姐对自己那一身打扮和形象得意至极，曾说‘我要是个男的，看一眼就会晕倒’，梁思成却逗道，‘我看了就没晕倒’，把我姐气得要命，嗔怪梁思成不会欣赏她，太理智了。”

奥黛丽·赫本说：“外貌是女人不可或缺的资本。其实两个人聊得再投机，见面之后，还是外貌决定一切。外在决定两个人在一起，内在决定两个人在一起多久。”

法国巴黎著名的形象设计师萨克拉斯也曾说过：“我们看到一个人，最初的印象从他的体貌、服饰上获得，而对人物内在的素质美，要用时间来检验。所以从外表来看，体貌和服饰首先体现出一个人的美。”

由此可见，形象在社会生活中会产生不可低估的作用，控制和左右着周围人对我们的态度。倘若林徽因没有姣好的面容，风流诗人徐志摩还会那么狂热地迷恋她吗？即便是情人眼里出西施，一个十几岁的女子除去青春的活力，恐怕就是容貌不凡使然吧。

在今天这样竞争日益激烈的社会里，女人更承受着巨大的压力，同时又被利益驱使着，犹如急流中团团旋转的浮萍。而在此时此刻，如果我们能静下心来，认真地树立起自己的好形象，那就好比给自己的人生打造了一块金字招牌，不仅能让你获得美丽，还能让你在风高浪险的生命历程中更加优雅从容。

拥有美丽，更要绽放美丽

林徽因是美丽的，那个时候极富代表性的清纯短发，永远神采奕奕的双眸，仿佛被精心雕琢过的五官，永远荡漾着的笑靥面颊，还有半袖短衫与黑色绸裙的典型民国女性的着装，构成了她清逸的鲜活形象。

当然，林徽因的美丽不仅仅在于他外表的清丽，更在于她思维的活跃性：独具一格的见识、清新的文风和她那非同寻常的智慧。所以，林徽因的美丽是绽放着的，是超越了其年龄的，是永存于世人心间的。是那种超脱尘世的，极富有灵性的，也是极富有人格魅力的美丽。

只要是女人，都想拥有美丽，美丽是一个古老而有活力的词语，永不过时。但古往今来，多少美丽的女子获得了幸福？多少美丽的女子自在地绽放了自己的美丽？又有多少美丽的女子将自我葬送在美丽之上？可以说，像林徽因那样在绽放自己的美丽中收获幸福的女子是极少数的。

美丽是一种资产，但驾驭不了美丽反而会为它所累。“红颜薄命”这个词语并不是凭空捏造的，很多美丽的女人因为过分倚重自己的外貌，从而荒废了青春，透支了幸福，甚至由于不懂得分辨情感或者被慕名而来的感情冲击到，到头来身心俱疲。还有的女人不能从容地接受美人迟暮的事实，在美丽褪色之时却又不甘心被冷落，把自己折腾成了美丽的怨妇。所以，恰到好处地绽放自己的美丽却是需要一些智慧的，唯有拥有饱满的精神才能真正支撑起自己的美丽，才能持久地维持美丽的色彩，才能让美丽具有永不变质的吸引力。

所以，美丽并不是浓妆艳抹，也不是花枝招展，而是懂得装扮自己，使自己的秉性气质相协调，做到内在与外表相统一。但这并不是说美丽不需要外在装扮了，一身靓丽的衣服，一个时尚的包包，一双美丽的鞋子，一件精致的配饰，都是绽放美丽的方法，这些往往是我们个人自信和修养的外在流露。

在那个几乎没什么色彩的年代里，一个女子，吸引了一个最具浪漫气息的诗人，一个最优雅的哲学家和一个最理智的建筑学家。林徽因的美丽，几乎达到了人生的极致。虽然她的美丽期限并不那么长，但却拥有了丰富充实的过程，叠加在她身上的幸福恐怕是任何女子都不能比的。

林徽因在诗歌《莲灯》中说："如果我的心是一朵莲花，正中擎出一枝点亮的蜡。荧荧虽则单是那一剪光，我也要它骄傲地捧出辉煌。"无疑，她是绽放美丽的高手，她把哪怕是"那一剪光"，"也要它骄傲地捧出辉煌"，她把美丽最大化地绽放出来，给了它足够的关照与空间。

美丽是需要绽放的，这一点可能很多人都不怀疑。绽放自己的美丽，起初源于看到自己的美丽，认可自己的美丽和欣赏自己的美丽。

诚然，所谓美丽并不是指漂亮的面庞，面相要好自不必说，但让人心悦诚服的美丽还需要一种内在气质的修炼和持久知性的支撑。

林徽因往自己的美丽里注入丰富的“血液”，她的智慧、灵性、优雅等，都成了美丽的元素。她的美丽是一种姿态，是一种生活方式，是对自我和她所生活的世界的肯定与赞赏，她在她的有生之年绽放出了生命中全部的美丽，活出了完美的自我。

在这世上，恐怕没有哪个女子不想自己是美丽的，也恐怕没几个女子不希望通过绽放自己的美丽来留住男人的心，虽然不至于成为让无数男人膜拜的“万人迷”，但至少让心爱的男人在下雨的时候能够为我们撑起一把伞，天冷的时候能够送给我们温暖，让他懂得呵护、疼爱我们。

美丽是女人的专属配置，每个年龄段都可以绽放我们的美丽，透过美丽晒出女人的高贵与优雅，晒出丰富的内心，细腻的感情和优雅的气质。

如果鲜花是用来看的，女人的美丽就是用心来品味的。美丽女人的身上一定有一种属于自己的味道，这种味道是我们个性的标志，总是给人以独到的回忆而令人回味无穷，就像一本内容丰富的书，让人越看越上瘾，越读越有趣，越品越有味儿。

修养是女人最美的容颜

在同代人的记忆中，林徽因的美犹如传奇。20世纪30年代，金岳霖曾题“梁上君子，林间美人”的对联赠予梁思成、林徽因夫妇。但林徽因的容貌绝对不是天下无双的，她的智慧也绝对不是古今中外的历史上女人世界的旷世奇葩，但唯有她，让大诗人徐志摩想念一生，让梁启超之子梁思成宠爱一生，让大哲学家金岳霖记挂一生，也不知让多少后来的男子仰慕着。也只有她，美出了一个时代的神话。

林徽因能如此从容地行走在世间，可不只是因为她是个大家小姐，也不只因为她绝代姿容，更不只是因为她写了那几句流传甚广的诗篇。她为中国的建筑做的学术和实业上的贡献，通通无愧于那天赐的恩宠与无上的膜拜。她不仅是中华人民共和国国徽的主要设计者之一，还是人民英雄纪念碑图案的主要设计者之一，且为抢救民族工艺品景泰蓝做出了不懈努力。

由此可见，林徽因虽美，但却不是花瓶。她的容貌也绝对不是仅有姿色而已，更多的还是有一种内在气质的流露。

天赋的容颜是一道最容易消逝的风景，无情的岁月在夺走女人那面如桃花的容貌的同时，也会在那张曾经漂亮的脸上烙下岁月的痕迹，而存留下来的正是生命中最本质的内容——内在修养！极致的女人除了美貌还要有素养和内涵，内在的素养和内涵是女人不会改变气场源，并且它能够随着时间的增长而沉淀精华，去其糟粕。林徽因的美丽绝代风华与不变容光正是来自于自身的内涵与修养。

青春年华的林徽因容貌清丽，结婚生子后的林徽因也依旧是容光不变。郭心晖女士如此形容林徽因的外貌穿着："1932年或1933年，林徽因到贝满女中为我们讲演'中国建筑的美'。她穿的衣服不太多，也不少。该是春天或秋天，当时这类活动一般都排在上午，在大礼堂。我们是教会学校，穿着朴素，像修女似的。见到林徽因服饰时髦漂亮，相貌又极美，真像是从天而降的仙女。林徽因身材不高，娇小玲珑，是我平生见的最美的女子。她讲话虽不幽默，却吸引人。当时我们似乎都忘了听讲，只顾看她了。"

在《人们记忆中的林徽因》中也有记录。女教授全震寰先前曾听过林徽因讲课，她在书中说："林徽因每周来校上课两次……谈笑风生，毫无架子，同学们极喜欢她。每次她一到校，学校立即轰动起来。她身着西服，脚穿咖啡色高跟鞋，摩登，漂亮，而又朴素高雅。女校竟如此轰动，有人开玩笑说，如果是男校，就听不成课了。"

当时的林徽因正值而立之年，风姿绰约，如果单靠外貌恐怕难以给人留下如此印象了。

作家赵清阁描述中年的林徽因："林女士已经四十五岁了，却依然风韵秀丽。她身材窈窕，穿一件豆绿色的绸晨衣，衬托着苍白清癯的面色，更显出恹恹病容。她有一双充满智慧而妩媚的眼睛，她的气质才情外溢。我看着她心里暗暗赞叹，怪不得从前有过不少诗人、名流为她倾倒！”

林洙在《困惑的大匠梁思成》中说：“我承认一个人瘦到她那样很难说是美人，但是即使到现在我仍旧认为，她是我一生中所见到的最美、最有风度的女子。她的一举一动、一言一语都充满了美感……她的眼睛里又怎么能同时蕴藏着智慧……感受到的则是她带给你的美，和强大的生命力。”林徽因的内在修养与美貌，使她成为人人心中的“女神”，连梁思成第二任妻子林洙也为之折服。

显然，林徽因的容貌随着她的成熟，越来越多的是她内在气质的流露，因气质而生出无限的亮丽与光彩。内涵美是女人最主要的美，开阔的胸怀，绝顶的聪明，优雅的谈吐，出众的才华，丰富的阅历，给他人一种大家风范的从容、宁静、和谐之气，这样的美来自心灵深处发出来的光辉，照耀着自己身上的每一个细节之处，虽然不一定会惊艳四座，但犹如温泉温润了旁人，于无形间获得了美的体验。林徽因的美就是这样一种大度的美。

女子凭着一张俊俏的脸可能会赢得他人的赞叹，但如果缺少了内在的修养，就很难让自己的形象达到一定的高度。时间可以扫去女人的容颜，却扫不尽女人经过文学熏陶及自我修养的积淀。女人最极致的美丽是经过岁月的洗礼成就的修养和智慧，就像醇厚的美酒一般，甘醇扑鼻。

记住：修养是女人最美的容颜，它能让女人永远美丽，永远焕发着魅力的光彩。

才气与气场是阅读喂出来的

一代才女陈衡哲之妹陈衡粹在《我见过的徐志摩林徽因陆小曼》中提起初见林徽因的情景，那是1930年春夏之交，在香山上，那“惊鸿一瞥”让她至今念念不忘，她这样形容见到林徽因时的震惊:“有一天同一位朋友上山游览，半山上一顶山轿下来，我看见轿子里坐着一位年轻女士。她的容貌之美，是生平没有见过的。想再看一眼，轿子很快下去了。我心中出现‘惊艳’两字。身旁的人告诉我，她是林徽因。用什么现成话赞美她?‘闭月羞花’、‘沉鱼落雁’等都套不上，她不但天生丽质，而且从容貌和眼神里透出她内心深处骨头缝里的文采和书香气息。”

只有加上了世代的书香，如花容颜才演变为绝代的风华。正如萧乾夫人、著名作家文洁若在《才貌是可以双全的——林徽因侧影》所说的一样:“林徽因是我生平见过的最令人神往的东方美人。她的美在于神韵——天生丽质和超人的才智与后天高深的教育相得益彰。”

著名作家林清玄就曾在《生命的化妆》一书中写到，女人的化妆有三个层次，最高的层次是让自己变得博学多识、品位高雅。而做到上述要求，唯一的途径就是多读书、多思考，用积极乐观的心态生活。但凡优秀的女子，一般都有着良好的幼年教育，长大后，拥有一定的文化意识，所以才拥有日后旺盛的才气与气场。林徽因的美，正是源于她浓浓的书香气息。

俗话说："读万卷书，行万里路。"不一样的人生经历与见识，会改变人的一生。林徽因能有如此广博的见识，如此精彩的人生，与她曾留学欧洲的经历也息息相关。

1920年春，林徽因随父亲远赴欧洲。父亲林长民告诉女儿："我此次远游携汝同行，第一要汝多观察诸国事物增长见识；第二要汝近我身边能领悟我的胸次怀抱……第三要汝暂时离去家庭烦琐生活，俾得扩大眼光，养成将来改良社会的见解与能力。"这是林父对女儿的期望。

林徽因坐在去欧洲的船上，面对大海，她有生以来首次扩大自己的视野，世界的宽广令她胸襟大开。

抵达欧洲之后，天资聪慧的林徽因源源不断地汲取来自异域文明中的文化养分，扎实的英文功底使她能轻松翻看英文书籍。与英国人沟通之余，也能自由地阅读，她研读萧伯纳的剧本，并逐渐领略到欧洲文学的真谛。

吸纳不同国家文明的结晶，的确能够延展我们的思路，培养更科学的思维方式，为我们待人处世、考量世界提供了更多的参照。

后来，林徽因考入了爱丁堡的圣玛丽学院，在这之前，父亲为她雇了两名教师辅导她英语和钢琴，所以在这所学校，她的英语口语更加娴熟、纯正了。同样是在伦敦，受女建筑师的影响，林徽因确立了投身于建筑科学的志向。

徐志摩在欧洲遇见林徽因，虽然当时的林徽因才年方十几岁，但是读过很多书，她能和他一起谈论文学，甚至是外国的原著，这令他感到很吃惊。的确，当时的林徽因对文学作品的理解能力超出了同龄人很多倍。当徐告诉林徽因他最喜欢的诗人是拜伦、雪莱和济慈时，林徽因居然能立即用英语背诵出他们的诗歌来，这也可能是徐对她产生浓厚兴趣的主要原因之一吧。

林徽因的父亲说，林徽因的博闻强记令人惊异，无论是济慈、雪莱，还是勃朗宁、叶赛宁、裴多菲、惠特曼……在以林家为中心的小文坛上，如果有谁记不住、背不出的诗句，林徽因都能准确无误地背出来。当她用英文朗读诺贝尔奖获得者、爱尔兰诗人叶芝的《当你老了》这首诗时，在座的陈岱荪、金岳霖也被感动得泪流满面，可见其阅读功底之深厚、感染力之强。

罗曼·罗兰说："书让女人变得聪慧，变得坚韧，变得成熟。使女人懂得包装外表固然重要，而更重要的是心灵的滋润。和书籍生活在一起，永远不会叹息。"还有人说："世界有十分美丽，但如果没有女人，世界将失掉七分色彩；如果没有读书的女人，色彩将失掉七分内蕴。"

读书，爱书，并且在书中品味生活的女人，一定怀揣着一个梦想，即使她平凡只是一棵小草，她仍能创造自己生活的乐园，让自己的天空永远有蓝天白云，鸟语花香，因为她们心中有永不失去的梦想。

才情是一件穿不破的衣裳

在文学领域里，漂亮的女作家的确不多，林徽因便是其中一个。而林徽因却没有让自己的容貌成为自身唯一的资本，而是不断地丰富自己的大脑，戴着智慧的翅膀，飞上人生的巅峰。

林徽因不但是公认的美女，更是公认的才女。20世纪30年代，20岁的林徽因以才貌双全闻名于北京上层文化圈。她虽然是学建筑的，但业余创作的文学作品却是具有专业水准的，其范围涉及诗歌、散文、小说、戏剧各个领域，在京派作家圈中声誉鹊起。

林徽因的才情不仅仅在这些方面，她所涉及的领域极广。1927年，林徽因与梁思成结婚，她亲手为自己设计了一套结婚礼服，这件礼服一反常规，基本摒弃了西式服装的元素，以不合常情的大胆想象，塑造出古雅、浓郁、特异的东方风格，极具古典的东方神韵，一时间万人侧目，让人过目不忘。美是超越国界、不需要语言的，林徽因的结婚礼服就吸引了大批的加拿大新闻摄影记者。

服饰，在林徽因那里，是一种文化。与身穿旗袍，并为自己设计具有东方神韵结婚礼服的林徽因相比，身穿西服、摩登漂亮的林徽因又别有一番风情，林徽因就是如此奇妙，在她的身上，现代与传统，西方与东方，就这样奇妙而和谐地结合起来了。

林徽因自己，也曾尝试研究中国古代的妇女服装。1925年，留学美国的闻一多策划创办一个内容包括各种艺术门类的杂志，拟取名《雕虫》或《河图》，拟订的四期目录中，向林徽因预定的稿件就有三篇，分别为《帕敷罗娃的艺术》《帕敷罗娃舞蹈摄影》以及《中国妇女服装问题》,（闻一多致梁实秋信,《闻一多全集》）闻一多的杂志最后不知踪影何在，林徽因的《中国妇女服装问题》一文也难现庐山真容。

除了文学建筑服饰领域外，林徽因还涉足演艺行业，她曾主演了当时观众为之轰动的武侠影片《火烧红莲寺》及《啼笑姻缘》、《空谷兰》等名片。虽然1955年4月1日她病逝于北京，但她主演的《木兰从军》在新落成的沪光大戏院却连续客满三个月。如果是专业的演艺演员，达到如此奇效，已是不易，更何况只是一个建筑学家、诗人、作家，她的才艺有一种宽度上的深度，挚友金岳霖上挽联“一身诗意千寻瀑，万古人间四月天”，一点都不夸张。

汪曾祺这样称赞林徽因：“她是学建筑的，但是对文学的趣味极高，精于鉴赏，所写的诗和小说如《窗子以外》、《九十九度中》，风格清冷，一时无二。”林徽因在1921年开始发表新诗，后来加入新月社，被胡适誉为“中国第一才女”。林徽因的文学作品加起来不过10来万字，但这仅有的一点东西，按后人的评价，“几乎是篇篇珠玉”。林徽因自己写的不算多，但她的写作必是由她心坎里爆发出来的，不论是悲是喜，必须是觉得迫切需要表现时才把它传达出来。

冰心提起林徽因，开口就说：“她很美丽，很有才气。”在众多的赞誉中，颇值回味的是张幼仪对林徽因的评价，当她知道徐志摩所爱何人时，曾说“徐志摩的女朋友是另一位思想更复杂、长相更漂亮，双脚完全自由的女士”。简单的一句话道尽张幼仪的半生辛酸，却也无意中点破林徽因之所以为人所赞赏的真正原因。

显然，林徽因是个既有容貌又有智慧才情的女子，在她的一生中，没有人能够轻视她的存在。甚至林徽因的早逝，也留给同辈亲友惘然的失落，因为她的离去，也预示着他们最具创造力的黄金年华的结束。用林徽因的儿子梁从诫对母亲的评价来形容，林徽因“算得上是一位多少带有一些‘文艺复兴色彩’的人，即把多方面的知识和才华——文学的和科学的，人文学科和工程技术的，东方的和西方的，古代的和现代的汇集于一身，并且不限于通常人们所说的‘修养’。而是在许多领域都能达到一般专业者难以企及的高度。”

谚语云：“才情是穿不破的衣裳。”这里的“衣裳”既与风度美息息相关，更与知识内涵分不开，女人最漂亮的“衣裳”是那件外表靓丽且质地优良的才情“外衣”。

有才情的女人，无论从事什么样的职业，什么身份，是否富有，她们都会从言谈举止间透露出自己优雅迷人的气质和风度。才情女人的优雅举止令人赏心悦目，她们待人接物落落大方；她们时尚、得体，懂得尊重别人，同时也爱惜自己。

林徽因是一位世人公认的才女，模糊却又让人充满“美丽的想象”。但林徽因的一生，却如耀眼的星星，在历史上留下亮丽的光彩。

才情是女人的第二张脸，你可以长得不漂亮，但不可以没有才情。

记住：青春易逝，唯才情不衰。

有诗意的女人更令人神往

我说你是人间的四月天；
笑响点亮了四面风；
轻灵在春的光艳中交舞着变。
你是四月早天里的云烟，
黄昏吹着风的软，
星子在无意中闪，
细雨点洒在花前。
那轻，那娉婷，你是，
鲜妍百花的冠冕你戴着，
你是天真，庄严，
你是夜夜的月圆。
雪化后那片鹅黄，你像；
新鲜初放芽的绿，你是；
柔嫩喜悦，水光浮动着你梦期待中白莲。
你是一树一树的花开，
是燕在梁间呢喃，
——你是爱，是暖，是希望，
你是人间的四月天！

这首诗是林徽因的经典诗作《你是人间的四月天》，这首诗也是新月派诗歌的杰出代表作，此诗玲珑剔透，意象错落有致，得到了著名诗人卞之琳的好评：“并非形上的诗，不外露的诗。”

梁思成说：“人家讲‘老婆是别人的好，文章是自己的好’，但是我觉得‘老婆是自己的好，文章是老婆的好’。”

少女时代起，林徽因已经是颇有名气的诗人，费正清说：“她是具有创作才华的作家、诗人，是一个具有丰富的审美能力和广博智力活动兴趣的妇女，而且她交际起来又洋溢着迷人的魅力，她所在的任何场合，所有在场的人总是全都围绕着她转。”能有如此的魅力，光凭清新亮丽的相貌是断断不可能的，才华才是她傲然屹立于众人之上的最大资本。

无论何时何地，有才华的女人相较于无才华的女人来说，更受欢迎。一家网站曾做了一次关于“你是否喜欢有才华女人”的调查，结果显示：26%的人觉得会有压力，42%的人觉得佩服，32%的人觉得有成就感。由此可见，大多数男人更喜欢有才华的女人。

有的女人会说，男人不是喜欢“傻”女人吗？要知道，傻女人并不一定是真傻，而是她们更善于灵活地运用装傻的艺术罢了：在无关紧要的小事面前，装聋作哑、故意装傻；在触及原则的问题上，则运用自己的智慧巧妙地化解矛盾。

细数那些相貌、身段皆标致的女子，更让人无限神往的无不是有着非凡的才华。比如班昭、蔡琰、薛涛、谢道韫、鱼玄机、严蕊、李清照、朱淑贞、董小宛、柳如是、秋瑾等，她们腹有诗书才华，将自己的名字化作不变的永恒，流传于世。

天下美好的事物都有令人赏心悦目的一面，而单纯的“美”不是悦目，“才”才是让人觉得最赏心的。聪明的女人，懂得用有智慧的头脑去开拓属于女人的那半边天，用才华来编织自己的锦绣人生。

才华可以吸引男人的心，因为有才华的女人往往懂得如何生活，如何给平淡的生活增添情趣，而现实的生活中，我们往往缺的就是那点小情调。如果我们可以让男人留恋我们的才华，他当然也会留恋我们的人，如果我们的才华再提升一点，他会愿意用一辈子的时间去呵护我们。

没有哪个女人不希望自己被男人好好地宠爱的，只是我们必须学会如何装扮自己的与众不同。有才华的女子，总能给人以神秘感，仅仅是看到她们的才华，就足以产生强烈的期待，令男人神往了，更不用说引得多少男人倾倒和爱慕了。

相貌会随着年华而老去，而才华则不然，才华只会随着使用得越来越多，会变得越来越精，越来越纯熟，绝不会随着时光流逝而消失。倘若我们在言谈举止之间、一颦一笑之中都充满了女人味和诗情画意般的温馨，岁月不但不会夺去我们的光环，还会给我们更多的馈赠，它留给我们的是更多的光彩。

所以，我们要学会用才华诠释女性的魅力，为我们的温柔妩媚平添些许才气，展示我们独有的风韵。

学识，是女人最好的门面

在丈夫梁思成的眼中，林徽因“是个很特别的人，她的才华是多方面的。不管是文学、艺术、建筑乃至哲学她都有很深的修养……她具有哲学家的思维和高度概括事物的能力”。可见，林徽因有着渊博的学识。

林徽因的学识体现在很多方面，她不但是一位才华横溢的诗人，睿智的评论家，风趣的沙龙演说家，思路严谨的教授，思想活跃的知识分子，更是一个卓有成就的建筑学家。

投身建筑之后的林徽因，在设计和测绘方面也多有建树，与梁思成一起完成了许多建筑学著述。虽然穿着窄身旗袍、体弱多病，但她爬起古建筑穹顶来却根本不成障碍，金岳霖到他们家去，常常看见林徽因和梁思成爬在自家屋顶上，为野外测绘练基本功，老金当即作了一副藏头联：“梁上君子，林下美人。”嵌了这夫妇二人的姓氏，上句打趣梁思成，下句奉承林徽因。梁思成很高兴，林徽因却不以为然，“真讨厌，什么美人不美人的，好像一个女人就没有什么事可做，只配作摆设似的！”

事实上，林徽因怎么可能是摆设？在她的“客厅”里，以她为中心，聚集了一大批当时中国的一流文化学者，除了大诗人徐志摩和在学界颇具声望的哲学家金岳霖，还有政治学家张奚若、文化领袖胡适、美学家朱光潜、经济学家陈岱孙、国际政治问题专家钱端升、物理学家周培源、哲学家邓叔存、社会学家陶孟和、考古学家李济、作家沈从文和萧乾等，她被人仰慕着，簇拥着，“粉丝们”好像都倾倒在她的魅力里。

女人的学识，确实是有着非同一般的“杀伤力”，它是一把精神利器，令人“臣服”。在林徽因家客厅的著名沙龙里，任何“谈笑有鸿儒”的对话，林徽因都是当仁不让的主角，就连梁思成和金岳霖“也只是坐在沙发上吧嗒着烟斗，连连点头称是”。能有如此功力，的确非学识渊博的才女莫属。

曾经的沙龙客之一萧乾回忆说：“她说起话来，别人几乎插不上嘴。别说沈先生（沈从文）和我，就连梁思成和金岳霖也只是坐在沙发上吧嗒着烟斗，连连点头称是。徽因的健谈绝不是结了婚的妇女那种闲言碎语，而常是有学识，有见地，犀利敏捷的批评。我后来心里常想：倘若这位述而不作的小姐能够像18世纪英国的约翰逊博士那样，身边也有一位博斯韦尔，把她那些充满机智、饶有风趣的话一一记载下来，那该是多么精彩的一部书啊！”

细细想来，林徽因能够在那个时代在她所能衍射到的圈子里“呼风唤雨”，是因为她有“东西”，她的脑子里有“东西”吸引着一干才俊学者。

的确，学识是女人最好的门面，它能令你谈吐不凡，让所有的话语从你口中说出来，如同春雨般沁人心脾。不论何时、何种场合，女人都可以依据自己的知识，发表自己独特的看法和独到的见解，像林徽因一样成为驾驭话题的高手。当别人不知如何解决问题时，还在挖空心思时，你已经根据自己的经验和积累，快速辨明问题、解决问题了。

丰富的学识不仅会使女人变得很独立，很有主见，还会在美貌的基础上，使女人平添几分柔情和典雅。另外，女人的学识还是优秀男人的巨大财富，林徽因成就了梁思成，也以“太太的客厅”为中心，滋润了很多文人雅士的心田，给了他们成功时的激励和心灵受伤时的抚慰，值得他们用一生去珍藏。

当然，学识并不仅仅是饱览诗书、满腹经纶，它是女人一种内在的气质，是女人们在生活细微之处的智慧和美丽的展示。

《荀子·修身篇》说：“是是非非谓之知，非是是非谓之愚。”有学识的女人首先拥有明辨是非的观念和辨别善恶的能力。如果一个女人是非不明、不知好坏、不辨邪正，当然没有智慧可言，自然也不是真的有学识。

“世事洞明皆学问”，真正有学识的女人是通达事理的女人。有些女人比别人懂的东西多，却养出了一颗傲慢刻薄的心，到最后只知书本知识，而不识世间人情，甚至自恃有些小聪明，做些无理违情之事，结果聪明反被聪明误，最终害了自己。

一个人的学识，除了先天受到良好的教育和教养之外，大部分是靠后天环境养成的，它需要长期的积累和沉淀。林徽因的学识也秉承了父亲的很多基因。其父林长民是民国初年知名的逸士和政客，少年时的林长民在林氏家塾中读书，得闽中名士林纾的真传，同时也获取了最初的西学知识。林长民曾为苦学英文和日文而放弃科举考试，为此林徽因的爷爷林孝恂还为他请了两位

“洋老师”，此后赴日留学，就读于早稻田大学预科及大学部政经科。他自己就是个学识渊博的才子，因此对林徽因更是寄予厚望，要将毕生所学及先进观念都传授给她。

总之，女人若徒有美丽的外表，不过是个空壳而已，没学识的女人，她的美丽也是苍白无力，没有生气的。有学识的女人，她的美才是立体的，鲜活的，经久不衰的。所以，最极致的女人，都懂得让学识在自己身上闪现出睿智的光芒，做一个有门面又体面的知性美女。

修炼出女人独特的魅力

美国著名女诗人普拉斯说："魅力可以开颜消怒，可以愉人悦己，它如丝细腻，如光闪耀，难以捉摸，经久不灭，让每一个拥有它的女人都能品性无双。"那么什么是魅力?《现代汉语词典》中对"魅力"的解释是：魅力是一种"很能吸引人的力量"。简单说来，魅力其实就是一种吸引力，是一种引人注目，让人爱慕的力量。

现实生活中，我们确实可以常常见到这样的女人，她们的相貌并不出众，但是给人的感觉却非常干净、舒服和透亮。与她们在一起交谈，你会不由自主地被她们吸引，好像她们的眼睛是一汪深秋的碧水，任何杂质落入其中，都会被消解得无影无踪。她们的安静，她们的优雅，简直让美丽显得轻浮，让高贵看着笨重。她们低调奢华，锋芒内敛，却可以轻易让那些年轻漂亮的女孩子黯然失色，让所有见到她们的异性为之手舞轻狂，为之弥足深陷……这就是魅力的力量。

林徽因向来是一个圈子的中心，不管是远远向往着的粉丝，还是登堂入室步入她的"太太的客厅"的来客，我们所能看到的画面，总是一群男粉丝围绕着她，用柔和的目光仰望着她，像绿叶一样烘托着她这朵倾城倾国的红花，而如众星捧月般的景仰使她愈发显得婀娜多姿，楚楚动人。

林徽因的生活圈子里，随便甩出一个名字都令人目眩：梁启超、梁思成、金岳霖、徐志摩、胡适、沈从文、张奚若、费正清、周培源……这些有着别样才情和赫赫成就的男人，与她非亲即友，却终生对她推崇备至。

那么林徽因究竟有何魅力，让一众才子名士追随左右呢？现在的人每每提及林徽因，最让人们津津乐道的无外乎两点，一是她的美丽与才情，二是她近乎传奇的爱情故事。

林徽因的魅力的确与出众的容貌有关。精致的五官，匀称的身材，温婉的发型，得体的着装，独具东方韵味的气质，又兼西方美女的摩登。不能说魅力与美丽无关，美也是魅力的一部分，美丽的女人可以很有魅力，但有魅力的女人不一定很美，这是我们都知道的道理。

林徽因的魅力也源于她的才学。她读过旧式学堂，留过洋，在旧的土壤中出生，又接受了西式教育，横跨文理，在科学与艺术之间徜徉。有人将梁思成与林徽因，钱钟书与杨绛，吴文藻与冰心，沈从文与张兆和合称“民国四佳配”。傅斯年评价林徽因：“今之女学士，才学至少在谢冰心辈之上。”当时既有人将林徽因、庐隐、冰心合称“福建三才女”，还有人将她与张爱玲、萧红、石评梅合称“民国四才女”。这都是对林徽因才学方面的高度认可与肯定。

林徽因的爱情故事也颇为传奇，围绕在她身边的三个男人，他们纠结着她一生的美丽与哀愁：一个与她比翼双飞，成就“梁上君子，林下美人”的佳话；一个因她而亡，成就诗坛金童双璧的凄美绝响；一个则为她终身未娶，演绎民国末世的爱情传奇。绝代佳人林徽因与她的三个男人，不须虚构，不须流言，已经是世间绝版的佳话。

实际上，美丽的容颜，旷世的才学，传奇的爱情都不是林徽因最为吸引人的地方，林徽因最大的魅力来自于她高贵的格调。林徽因是一个有理想、有追求、有抱负、从不妥协的人，在她的身上，不仅体现了美，还体现了力。

1929年，林徽因从美国宾夕法尼亚大学和耶鲁大学学成回国时，惊人的美貌和风度；艺术家的全部气质；一口纯正的英文让哈佛教授费正清羡慕不已；常人无法企及的家庭背景——民国司法总长林长民是她父亲，财政总长是她公爹，还有日后被称为“国宝”并蜚声国际的学者丈夫梁思成。如果说，结婚是女人第二次投胎，那么林徽因第一次投胎和第二次投胎，都好得不能再好。

照常理看，这么优质的资源和人脉被一个女人掌握，她可以直接单手端着一个精致茶杯，身穿自己喜欢的旗袍，坐在满是阳光的客厅里，看着窗外的鲜花和绿草，向西装革履的上层人士细细地讲述自己对中西风格的，还可以跟徐志摩在书房探讨诗歌，闲的时候就接几桩建筑设计的活儿，凭着自己的姿色和文学气质让更多男人拜倒在自己的石榴裙下，成就自己的名声，其实对于她这样的女人来说，这是最容易做到的。

但是，林徽因却浪费这一大片优质资源，偏偏喜欢跟自己的丈夫梁思成以及一些志同道合的朋友，有时候会坐了随时可能抛锚的汽车，有时候还要骑毛驴，在口渴难耐的时候，也许只能喝脏兮兮的苦井水，有时候会扭伤，有时候会被跳蚤咬得浑身是包，为了考察古建筑不得不住在荒郊野外，难以相信这样的日子，一代才女能够待得下去。

抗日战争期间，在偏僻的小小的李庄里，空气中经常阴冷，住的地方比较潮湿，还有各种异味，林徽因起不了床，因为她病得很严重，严重到，即使天气不错，外面的阳光充足，但是她还得依靠人把她的躺椅抬出来，闭上眼睛享受一下阳光的滋润。这样的苦日子并不是一定要过的，因为凭借她的条件，想过更好的日子，并不困难，她可以去美国治病、避难，并不需要太大力气就可以办到的。在李庄，饥饿时不时地找上她，浑身没力气的林徽因只能在床上慢条斯理地查阅文献，每天在煤油灯下耐心地写《中国建筑史》。

林徽因最为独特的魅力，在于她的追求，她的坚强，她的眼光，她的文化使命感和她的价值取向，她的取和舍——她选择了最有价值的事去付出毕生精力。虽有贫困，但从不卑微；虽有艰辛，但激情四射；虽有非议，但保持高贵的沉默。正如她自己所说："温柔要有，但是不妥协，我们要在安静中，不慌不忙的坚强。"

Part 2

一个客厅，一个世界，社交圈里的沙龙女神

——言谈举止皆是风景

社会上的成功女性，必定是社交场上最出色的女人，她们在言谈中闪烁的真知灼见，给人以深邃、精辟、睿智之感，那一种气度和智慧就足以感染他人征服世界。所以，做一个能言善辩、聪慧优雅的女子，获得他人的尊重和认可，是每一个女人最划算、最值得去做的事情，甚至比美容更来得重要。

优雅的谈吐是女人内在的体现

法国有句格言说得很好：“优雅是年龄的特权。”其实一个女人，随着年龄的增大，更应该在变老过程中掌握优雅的艺术，从而消除岁月对容颜的侵袭，通过优雅的谈吐让自己更加出色，变得更加迷人。

美国哈佛大学前任校长伊立特说过：“一个有教养的人，其谈吐也是优美而文雅的。”善于说话的人，不但能使不相识的人见了他后留下好印象，并且能广结人缘，处处受欢迎。

优雅的谈吐反映一个人的成长环境，影响一个人的人格。俗话说：“听其言而观其行”，只要听一下某个人说的话，就大致可以推断出她这个人品及身份。也就是说，无论你把自己装扮成什么样子，无论你的外表多么华丽，固有的语言都难以和外表保持一致，你的谈吐会将你的一切内在的隐秘都表现出来，会将你的真面目揭示给别人。可以说，一个人的言谈举止向世界宣告了她是一个什么样的人。

身为“太太客厅”的女主人，林徽因拥有优雅的谈吐与机智迷人的辩论能力，这使得她成了这个舞台上不折不扣的中心人物。当着她的谈锋，人人低头。梁宗岱步入“太太的客厅”就闭上了嘴，著名外交家、书法家叶公超本是一个健谈的人，只要发现多才多艺的林徽因在场，便在酒席上忽然沉默了。看到这样的情景，杨金甫笑了，说：“公超，你怎么尽吃菜？”叶公超放下筷子，指了指口若悬河的林徽因。另一位客人也趁机打趣道：“公超，假如徽因不在，就只听见你说话了。”公超提出抗议：“不对，还有宗岱。”

林洙在书中如此写道：“她是那么渊博，不论谈论什么都有丰富的内容和自己独特的见解。一天，林先生谈起苗族的服装艺术，从苗族的挑花图案，谈到建筑的装饰花纹。她又介绍我国古代盛行的卷草花纹的产生、流传；指出中国的卷草花纹来源于印度，而印度的卷草花纹又来源于亚历山大东征。她指着沙发上的那几块挑花土布说，这是她用高价向一位苗族姑娘买来的，那原来是要做在嫁衣上的一对袖头和裤脚。她忽然眼睛一亮，指着靠在沙发上的梁公说：‘你看思成，他正躺在苗族姑娘的裤脚上。’我不禁扑哧一笑。”

优雅的谈吐蕴含着丰富而广博的知识，林徽因把渊博的知识和幽默风趣的个性恰到好处地融合到了一起，令人难忘。

不管是在职场，还是在日常的生活中，优雅的谈吐是女人的制胜法宝，它都会为女人提升人气、增加气场。的确，讲话也是一门艺术，这就要求女人们要学会塑造自己，学会讲话。上帝会赐予你靓丽的外表，却未必能给你一个“动听”的舌头，优雅的谈吐需要后天的修炼与培养。

女人要想练就优雅的谈吐，首先态度要诚恳，真诚的态度，是交谈的基础。真诚，就是要做到不言过其实、油腔滑调，更不能用恶语中伤别人。不管是谁，在与人交谈的时候都希望别人尊重自己，要想让别人尊重自己，我们首先得尊重别人，所以在交谈中，谈话态度应该是真挚、平易、热情、稳重的。如果虚伪做作、华而不实或轻慢无礼、语气生硬，那么对方就不乐意同你交流。彼此的信任会使交谈进行得很愉快，双方袒露心扉，增进情感交流，从而赢得别人对你的好感和支持。

其次，交谈要恰到好处。交谈除了传递信息，交流情感，本身就是展示交谈双方的知识、修养、口才和风度。由于缺乏自信而造成语言模棱两可，说话结结巴巴，这样的女人肯定是人际交往中的失败者。会说话的女人不会由于缺乏自信而使交谈搁浅，因为她知道，每一次交流都是个性的展现。优雅的谈吐也并不在于滔滔不绝的讲话，而是话不在多，但讲的每一句话都不是废话，正所谓“言多必失”，恰到好处为最好。

再次，切忌口不择言。每个女人由于其经历、所受教育、家庭、兴趣、性格等不同，由此带来其谈话的领域、内容、“兴奋点”的差异，这是社会的现实，也正是这种差异，才有了五光十色的社会。因此，在与不同性格、不同行业、不同熟悉程度的人交谈时，就要察言观色，选择语言，甚至转换话题。有智慧的女人在交谈时不仅要见什么人说什么话，还要因地、因情而异，这也就是常说的“到什么山上唱什么歌”。例如，在学校谈论一下春游计划或者学习体会，在车站等公共场所聊一聊天气情况、新闻报道、体育赛事、文艺演出等。

最后，彬彬有礼，尊重他人。聪明的女人对他人应该讲究礼节，要像绅士那样彬彬有礼、温和有风度。在办公室中禁止使用俗语、流行语以及亲近而不严肃的话语。说话的时候还要控制讲话时的分贝，声音大小要适当，语调应平稳缓和，咬字要清晰、有力，你所说的话一定要让对方听清楚，尽量让人家感到舒服。

此外，优雅的谈吐是要有足够的底蕴作为基础的，如果脱离了这个根本，那么言谈就会成为“无源之水、无本之木”，淡而无味，哪里还有言谈的魅力呢?

写文章讲究“读书破万卷，下笔如有神”，其实说话和写文章是同一个道理，只有自己眼里看的东西多了，心里装的东西丰富了，有了自己独特的思想，才能够信手拈来，说出有水平、有见解、有说服力的话。

知识、阅历、情感、生活等都能丰富一个女人的内心，这些“养分”是思想的源泉，透过一根根“血脉”、一条条“经络”浸润着女人的容貌，提升着女人的品位和内涵。所以，平日里我们应该关注生活，加强生活积累，多看看书，关注新闻和一些细微的变化，增加谈资，不要让自己成为一个“一心只知穿着打扮，两耳不闻窗外事”的女人，除非你不说话，否则你一开口别人就能发现你的肤浅。正所谓“腹有诗书气自华”，所以女人一定要增加自己的内涵，多看看人际交往方面的书籍，多和谈吐优雅的人交朋友，在潜移默化中，自己也会谈吐优雅起来。

总之，说话是一辈子的事情，话说得漂亮，才能活得漂亮，把说话练好，是每一个女人最划算、最值得去做的事情，甚至比美容更重要。

率真而幽默也是一种智慧

优雅的谈吐是少不了幽默感的，在人际交往中，风趣幽默的语言往往能产生“四两拨千斤”的力量，达到举重若轻、一言九鼎的交际效果。风趣幽默的女人，总是能够在谈笑间散发出强大的吸引力，以至于将她们的女人魅力发挥到极致。

林洙在《梁思成、林徽因与我》一书中写道：“梁家每天四点半开始喝茶，林先生自然是茶会的中心，梁先生说话不多，他总是注意地听着，偶尔插一句话，语言简洁、生动、诙谐。林先生则不管谈论什么都能引人入胜，语言生动活泼。她还常常模仿一些朋友们说话，学得惟妙惟肖。她曾学朱畅中先生向学生自我介绍说：‘我（é）知唱中（朱畅中）。’引起哄堂大笑。”

“有一次她向陈岱孙先生介绍我说：‘这个姑娘老家福州，来自上海，我一直弄不清她是福州姑娘，还是上海小姐。’接着她学昆明话说：‘严来特使银南人！’（原来她是云南人！）逗得我们都笑了。”

可见，林徽因在“客厅”里是幽默风趣的，她的幽默风趣使大家获得了一种空前的放松与释怀，尤其是在那样的灰色岁月中，这种不同寻常的谈吐给大家留下了深刻的印象。

女人的幽默能表达人与人之间的真诚友爱，能沟通心灵，拉近人与人之间的距离，填平人与人之间的沟壑，是和他人建立良好关系的不可或缺的黏合剂。尤其当一个人要表达内心的不满时，如果能使用幽默的语言，别人听起来也会比较顺耳；当一个人需要把别人的态度从否定改变为肯定时，幽默是最具说服力的语言；当一个人和他人关系紧张时，即使在一触即发的关键时刻，幽默的语言也可以摆脱不愉快的窘境或消除矛盾……

李健吾曾有几句描写林徽因的话，颇为传神生动：“绝顶聪明，又是一副赤热的心肠，口快，性子直，好强，几乎妇女全把她当作仇敌。我记起她亲口讲起的一个得意的趣事。冰心写了一篇小说《我们太太的客厅》讽刺她，因为每星期六下午，便有若干朋友以她为中心谈论时代应有的种种现象和问题。她恰好由山西调查庙宇回到北平，她带了一坛又陈又香的山西醋，立时叫人送给冰心吃用。她们是朋友，同时又是仇敌。”

这只是一个无伤大雅的玩笑，正如李健吾先生所说：“她们是朋友，同时又是仇敌。”女人之间的友谊向来莫测，再加上文人相轻，冰心与林徽因既是文人，也是女人，所以两人的关系也是很矛盾的。只是后来冰心那“太太的客厅”的称谓倒是被林徽因不客气地接了过来。

不难想象，即使是同样的一句话，如果用平平常常的方式表述出来，会让很多人充耳不闻，甚至心生反感；但如果是用风趣幽默的方式表述出来，不仅可以让人心情大悦，从而使对方愿意给出积极有效的回应，同时也会给人留下深刻的印象，最终为我们建立起良好的人际关系和成就非凡事业打下基础。

实际上，风趣幽默需要以灵活机智的头脑为基础，因而我们与其说是在培养风趣幽默的交流习惯，不如说是在培养灵活机智的头脑。原因很简单，风趣幽默的谈吐和行为需要不断转变思路，这是一种不按常理出牌的典型表现。如果能够养成习惯，自然能够让我们在面对某个难题的时候，不拘泥于某一种思路，从而及时做出有效的应对措施。

然而，很多女人对风趣幽默并不感冒，她们认为那是一种不够矜持的表现，甚至觉得别人会因此而轻视自己。由于这种情况的普遍存在，我们在生活和工作中，通常只能看到一些风趣幽默的男士。至于女士，则多半会以端庄秀丽和严谨认真为美，最多不过是在男人们展现幽默的时候附和两句。其实，风趣幽默并不是男人的专利，女人通过适当的思考和修炼，同样可以在适当的场合表现出适度的幽默，以便为自己的魅力增色。当然，风趣幽默也需要适度，并且要区分对象。如果我们总是随意向别人“抖包袱”，那么只能是会自降身价和自毁魅力。

幽默感会增强语言的磁性，像林徽因一样在言谈中流露出幽默、温和、风趣的风格，也显示出女性活泼俏皮的一面，她并不是唇枪舌剑、咄咄逼人，而是通过率性而幽默的表达，给人以轻松、愉悦的感受。

有气场不冷场，女神也是话题王

为什么林徽因身上的光环较之其他人更多一些？甚至后人关注她的私人生活远远大于她作为建筑师或者诗人、作家本身？这和她在客厅里时刻掌握话题的主动权多少有些关系吧，别人的关注度都在她身上，后人也只是承接了那些人的目光而已。

林徽因在客厅里虽然掌握了话题的主动权，垄断了谈话，但她同时也为创造北平安宁、自由的文化繁荣开创了一种新形式和一个平台，她也以其自身的参与和成就，为丰富那个时代的中国文化史贡献出了自己的力量。

对于林徽因驾驭话题的能力，萧乾有这样的评价："她话讲得又多又快又兴奋。徽因总是滔滔不绝地讲着，总是她一个人在说，她不是在应酬客人，而是在宣讲，宣讲自己的思想和独特见解，哪个女人敢于设堂开讲，这在中国还是头一遭……"

所有去过林徽因家的客厅的人，在听过林徽因"客厅宣言"之后，都会被其"知性、睿智和善解人意"所折服，不管对方是何身份，是何性别，是何年纪，都是那么仰慕她，把她视为知音至交，甚至是崇拜的偶像。

林徽因的至交好友费慰梅在回忆录中如此写道："其他老朋友会记得她是怎样滔滔不绝地垄断了整个谈话。她的健谈是人所共知的……她的谈话同她的著作一样充满了创造性。话题从诙谐的轶事到敏锐的分析，从明智的忠告到突发的愤怒，从发狂的热情到深刻的蔑视……她总是聚会的中心人物，当她侃侃而谈的时候，爱慕者总是为她那天马行空般的灵感中所迸发出的精辟警语而倾倒。”

林徽因的客厅，是那个时代中流砥柱们思想交锋的重要场所，在寻找认同感的过程中，林徽因扮演了绝对的主角，她几乎是整场谈话的主导者，甚至是垄断者。

去过“太太客厅”的陈愉庆说：“因为做过肾脏手术，她的身体非常虚弱。后人总说她是大美女，其实那时她已经瘦得吓人。但她总是目光如炬、神采奕奕，盯着你看的时候，有种非凡的魅力。”

并不是所有人都有能力掌握话题的主动权的，你得有拿得出手的真本事才行。林徽因之所以能掌握话题主动权，不是因为她的言辞有多么厉害，也不是因为她有多么好的口才，而是她本身就具有非凡的魅力，具有深厚的文化底蕴。陈愉庆说，在高谈阔论之后，他们经常会兴致勃勃地演戏。如果兴致来了，梁思成、林徽因夫妇与沙龙的朋友们，便会用英文对读莎士比亚或萧伯纳的台词，还会背诵济慈、勃朗宁、雪莱的诗句。可见林徽因知识的渊博，涉及的领域之广，这就是她掌握话题主动权的基础。

在“太太的客厅”里，林徽因一直是唯一的女主角，就连她的丈夫梁思成也只能扮演忠诚的聆听者的角色。梁思成因此打趣道：“你一讲起来，谁还能插得上嘴？”林徽因说：“你插不上嘴，就请为客人倒茶吧！”

林洙在《大匠的困惑》中回忆道：“记得在梁家的茶会上，林徽因有一天和客人们谈起天府之国的文化。林徽因说梁思成在调查古建筑的旅途上，沿途收集四川的民间谚语，已记录了厚厚的一本。梁思成说，在旅途中很少听到抬滑竿的轿夫们用普通的语言对话，他们几乎都是出口成章。两人抬滑竿，后面的人看不见路，所以前后两人要很好地配合。比如，要是路上有一堆牛粪或马粪，前面的人就会说‘天上鸢子飞’，后面的人立刻回答‘地上牛屎堆’，于是小心地避开牛粪。”

梁思成说：“别看轿夫们生活贫苦，但却不乏幽默感，他们决不放过任何开心的机会。要是遇上一个姑娘，他们就会开各种玩笑，姑娘若有点麻子，前面的就说‘左（右）边有枝花’，后面的立刻接上‘有点麻子才巴家’。”

林徽因接上来说：“要是碰上个厉害姑娘，马上就会回嘴说‘就是你的妈’。”大家都笑了。林徽因又说：“四川的谚语和民谣真是美呀！只要略加整理就能成为很好的诗歌与民谣，可以把它编一本《滑竿曲》。”

要想不坐冷板凳，光有一肚子诗书是不够的，还要有别人所没有的所见所闻与丰富多彩的生活，有故事可讲，永远保持新鲜感，这样才能做一个制造话题的高手。

掌握话题的主动权，需要调动“听客”的好奇心，你所讲的话题也是其所关心的，此外就是保持他们的热情和新鲜感，幽默、风趣和真诚都是必不可少的，有笑又有料的语言总能引起人们的关注。

一个创造话题的高手，总能吸引人们对话题的关注。永远谈论大家所关注的话题，不提出与讨论问题毫不相干的话题，比如大家都正在谈美容的话题，你却突然站起来说：“哦！对了，我还有件工作上的事情没有处理，我要去打理一下。”或许你讲的是事实，那是你突然想到的，但你在这个时候提出来，可能是对话题的一种否定，而且可能会被认为不顾全大局、不关心他人感受，自然不可能掌握到话题的主动权。

所以，我们在和别人交谈的时候，尽可能地站在对方的立场上去思考，去理解对方，关心对方内心的需要与渴望。归纳总结对方说的重点，并加以重复，是让对方了解自己确实理解他所说的话的重要步骤。要能够做到这一点，对方就能感到你与他产生共鸣，并且接受你给予的肯定感，与你共享情感的交流，也容易使你在别人心中留下好印象。

敢于和优秀的人并肩而立

20世纪30年代，林徽因的客厅是文人达士聚集的社交圈子，在她的客厅里“谈笑有鸿儒，往来无白丁”，它是那样地吸引世人的目光。

客厅里的这些座上客，大多数都是林徽因和梁思成的朋友，费慰梅便是其中之一，她回忆道：“除了其他人以外，其中包括两位政治学家。张奚若是一个讲原则的人，直率而感人。钱端升是尖锐的中国政府分析家，对国际问题具有浓厚的兴趣。陈岱孙是一个高个子的、自尊而不苟言笑的经济学家。还有两位年长的教授，都在其各自的领域中取得了突破。这些人都和建筑学家梁思成一样，是一些立志要用科学的方法研究中国的过去和现在的现代化主义者。到了星期六，一些妻子们也会出席并参加到热烈的谈话中去。”

梁林夫妇的另一个挚友金岳霖后来回忆道：“三十年代，我们一些朋友每到星期六有个聚会，称为‘星六聚会’。碰头时，我们总要问问张奚若和陶孟和关于政治的情况，那也只是南京方面人事上的安排而已，对那个安排，我们的兴趣也不大。我虽然是搞哲学的，但我从来不谈哲学，谈得多的是建筑和字画，特别是山水画。有的时候邓叔存先生还带一两幅画来供我们欣赏。就这一方面说‘星六集团’也是一个学习集团，起了业余教育的作用。”他们独立于政治之外，却又关心国家时政，相互之间取长补短，这个客厅俨然成了不同行业与专业的交叉科学聚集地。

金岳霖还说：“其实他们每个人都有绝招，在切磋学问、谈论时局、谈文论艺之余也有许多有趣的事情发生。”

能把这样的一群人召集进来，汇聚在一个客厅里，的确不是一般人能做到的，而这个客厅里最引人瞩目的主角就是林徽因。

费正清对林徽因给出了这样的评价：“她是有创造才华的作家、诗人。是一个具有丰富的审美能力和广博的智力活动兴趣的妇女，而且她交际起来洋溢着迷人的魅力。在这个家，或者她所在的任何场合，所有在场的人总是全都围绕着她转。她穿一身合体的旗袍，既朴素又高雅，自从结婚以后，她就这样打扮。质量上好、做工精细的旗袍穿在她均匀高挑的身上，别有一番韵味，东方美的娴雅、端庄、轻巧、魔力全在里头了。”

另外，林徽因也是一个慧眼识人的伯乐。在他们的文化沙龙里，不乏一些初出茅庐的青年诗人和作家，是林徽因发现了他们，并把他们拉进了这个圈子，卞之琳就是其中一个。早在1931年，林徽因就发现了卞之琳，对其作品非常赞赏，并亲自写信邀请他到家中叙谈。无独有偶，1933年秋天，林徽因又通过《大公报》上发表的短篇小说《蚕》，发现了著名作家萧乾，而当时他不过是个正读大三的学生，林徽因看到他的作品之后，立即亲自写信给沈从文，请他代邀萧乾来“太太的客厅”做客。后来的李健吾，也是经由林徽因的发现开始踏入北平文坛的。

这些名流雅士，在林徽因的客厅里高谈阔论，通过智慧的相互碰撞，产生了很多思想火花，为他们日后成为各自领域的带头人多多少少起了一些促进作用，而林徽因所建立起来的那个文化圈子，也成了孕育人才的“摇篮”，所以那么多人喜欢“太太客厅”也是情理之中的事情。

作为一个女人，她能吸引人并长久地吸引各界精英人物，光是长得漂亮是远远不够的，那么多文人雅士来到这个客厅绝对不是天天来欣赏林徽因的漂亮脸蛋的，吸引他们来到这里更重要的原因是她的思想和独特的人格魅力，既让这些“鸿儒”聊得舒服、开心，又能让聚会有趣、有益、热闹。

作为沙龙的女主角，林徽因凭借她的学识、智慧以及魅力，吸引了那些虽属不同行业但具有相同价值的精英，诚如有评论所说，“林徽因首先是一位在欧美自由主义思潮中成长起来的中国女知识分子，她经历了国共两个敌对政权的社会和战乱流离，她的思想经历与同时代的其他知识分子一样深远”。

一个独具慧眼的女子是有魅力的，而有慧眼又有慧心的女子能令“所有在场的人总是全都围绕着她转”，这两样东西俨然是交际场上的制胜法宝。

身边的朋友是自己最好的名片

正所谓“知其人，观其友”。身边的朋友是自己最好的名片。林徽因的客厅绝对不是一般社交场合中的应酬场所，其来宾都是北京城各领域一流的精英，这也透露出了林徽因与人交往的原则与层次。

这些常来“太太的客厅”参加聚会的人中，张奚若是清华大学政治学教授，一生虽然只写过一篇政治学论文《主权论沿革》，但在清华的教授中却很受敬重。钱端升对国际问题有着独到的研究和明晰的见解。考古研究所所长李济曾经是哈佛大学的高才生，他攻读的是人类学和考古学，他同林徽因交往的那段时期正主导着对殷墟的发掘。小说家沈从文擅长创作湘西风情的小说，那可是当时文坛上一道亮丽的风景线。哲学家、逻辑学家金岳霖精通英文，他总是倾向于用英文思考哲学和逻辑学问题，但他同时又对中国传统文化情有独钟，不仅如此，这位终生未娶的专家还涉猎到更多领域，他对中国山水画有很高的鉴赏力，并且酷爱京剧，自己能哼几声不错的小曲儿。

林洙在《梁思成、林徽因与我》这本书中说：“每次上完课林先生都邀我一同喝茶，那时梁家的茶客有金岳霖先生、张奚若夫妇，周培源夫妇和陈岱孙先生也常来。其他多是清华、北大的教授，还有建筑系的教师。金岳霖先生每天风雨无阻，总是在三点半到梁家，一到就开始为林先生诵读各种读物，绝大部分是英文书籍，内容有哲学、美学、城市规划、建筑理论及英文版的恩格斯著作等。他们常常在诵读的过程中夹着议论。”

林徽因之所以有之后的成就，之所以能够在许多领域都出类拔萃，或多或少有受到这些朋友的影响或熏陶。朋友不在于多，而在于质量。曾经有学者对30位成功者进行调查发现，这30位成功人士中，每个人身边的朋友都是成功者，换句话说，如果一个女人的身边都是一些女强人或者优秀之人，那么耳濡目染，在不久的将来，自己就会变得和他们一样优秀。

好的朋友不仅是益友，也是良师，他可以感染并熏陶我们向好的方向发展，修正我们的人生观、价值观和世界观。女人向比自己优秀的人靠拢，这样做不是庸俗，不是势利，而是为了从他们那里得到鼓励和帮助，完善自己，激励自己变得更加优秀。同时，在优秀的朋友熏陶下，我们更容易走向成功。

朋友是一辈子的财富

朋友是一个人无形的资产，是我们手中握有的最宝贵的财富。我们在困难的时候，在痛苦的时候，在落难的时候，如果有一个朋友能够为我们伸出一只手，或者给我们一个鼓励的微笑，对我们来说都是莫大的安慰。

林徽因的一生虽然繁花似锦，但也有一段灰暗的时光。而这段日子，她的朋友给予了她很大的帮助，不管是金钱上的还是经济上的。

随着抗战爆发，那些昔日的客人或流落到云南西南联大，或流落到山城重庆，或流落到四川宜宾。1938年，林徽因和梁思成来到昆明，正好与张奚若夫妇为邻。不久，杨振声、沈从文、萧乾也结伴来到了昆明。他们相互间都住在很近的地方，加上金岳霖，“太太的客厅”似乎又可以“经营”了。

后来，朱自清等一群朋友到昆明后，也住在离他们不远的地方，于是很快又恢复了“太太的客厅”的热闹，他们隔几天便去林徽因家喝下午茶。同样地，他们谈论文学、战局等。由于林徽因的三弟林恒在昆明航校，也可以经常带一群同学到她家里玩，他还常常分享英雄故事给他们听，这些故事经萧乾之手，便成了一篇在当时文坛颇有反响的《刘粹刚之死》。

然而意外无处不在，林徽因遇到了前所未有的困难。她写道：“现在我们已经完全破产，比任何时候都惨。米价已涨到100块钱一袋，我们来的时候才三块四。其他东西的涨幅也差不多。今年我们做的事没有一件轻松……思成到四川去了已经5个月。我一直病得很厉害，到现在还没有好。”

内外交困，似乎已经把她逼入绝境，但费慰梅从美国寄来的支票帮了她的大忙，使她脱离了“可笑的窘境”。

在北平时，费慰梅总是在天黑前到梁家，和林徽因品茶聊天，而林徽因更是把她当作至交，向她敞开心扉。在林徽因情绪低落的时候，费氏夫妇便拉上她到郊外去骑马散心。

这就是在林徽因客厅里做过客的朋友们，他们能够在她最需要的时候出现，这是一种极难得的情谊，而朋友已然是林徽因生活中的重要组成部分，当然她也用自己的努力和付出支撑起了一个文化圈子，那是属于她的世界，也是属于她所有朋友的世界。

人生的经验告诉我们：“在自己有钱有势时围着自己转的人，不见得是真心实意的朋友，真正的朋友是在你困难的时候，会无私地帮助你，并且安慰你的人。”如果自己有一定的钱或势，那么肯定会有许多人围绕着自己，因此必须保持警惕，假如自己头脑不清醒，那么就会有灾难临头。

“人生得一知己足矣”。倘若自己平时不真心交朋友，那么到自己危难的时候，就会一个真朋友也没有。我们必须能够识别什么人是自己的好朋友，并且要远离那些坏朋友。

豁达大度，有些事情无须在意

李健吾曾这样描述林徽因：“她绝顶聪明，又是一副赤热的心肠，口快，好强，几乎妇女全把她当作仇敌……热情是她生活的支柱。她喜好和人辩论……”的确，以林徽因棱角鲜明的性格与她头顶上的庞大光环，难免容易引起同性人的嫉妒，甚至“战争”，据说，林徽因与冰心之间的“战火”便是因此而起。

众所周知，冰心的小说《我们太太的客厅》就是以林徽因家的“太太的客厅”为原型写的，冰心在小说中写道：“我们的太太自己虽是个女性，却并不喜欢女人。她觉得中国的女人特别的守旧，特别的琐碎，特别的小方……在我们太太那‘软艳’的客厅里，除了玉树临风的太太，还有一个被改为英文名字的中国佣人和女儿彬彬，另外则云集着科学家陶先生、哲学教授、文学教授，一个‘所谓艺术家’名叫柯露西的美国女人，还有一位‘白袷临风，天然瘦削’的诗人。此诗人头发光溜溜地两边平分着，白净的脸，高高的鼻子，薄薄的嘴唇，态度潇洒，顾盼含情，是天生的一个‘女人的男子’。”

不难看出，冰心字里行间里充斥着讽刺与挖苦的口气，甚至连小孩子都不放过。林徽因的女儿学名叫再冰，小名正是叫冰冰，而小说中的女儿名曰“彬彬”，不知是天然的巧合，还是冰心有意的安排。不仅这样，冰心还在《我们太太的客厅》中写道：“这帮名流鸿儒在‘我们太太的客厅’指点江山，激扬文字，尽情挥洒各自的情感之后星散而去。那位一直等到最后渴望与‘我们的太太’携手并肩外出看戏的白脸薄唇高鼻子诗人，随着太太那个满身疲惫、神情萎靡并有些窝囊的先生的归来与太太临阵退缩，诗人只好无趣地告别‘客厅’，悄然消失在门外逼人的夜色中。整个太太客厅的故事到此结束。”

小说的指向性非常明确，那就是“我们的太太”，而且也不难看出，冰心的情感是包含着一些羡慕嫉妒恨在里面的，醋意十足。或许是因为林徽因过分地吸引了男人的眼球，那个时代的女人们对她有嫉妒心也很正常，实际上，任何一个取得成功或者生活在光环下的女人都会激起其他女人的嫉妒心。

当然，也或许冰心并不是那样的狭隘，她只是对“不知亡国恨”这一现象做出了“正义的批判”而已，并不是怀有对私人的不平。在冰心的定义里，国难当头，所有人都应该拿起武器，投笔从戎，手执钢枪，冲锋陷阵在抗战第一线，而不应在“客厅”里高谈阔论。但从很多文字档案里，我们也没有看出林徽因是“两耳不闻窗外事，一心只读圣贤书”的角儿，每个人有每个人的生活方式和对待战争的态度。

文中又讲：“诗人微俯着身，捧着我们太太的指尖，轻轻地亲了一下，说：‘太太，无论哪时看见你，都如同一片光明的云彩……’我们的太太微微一笑，抽出手来，又和后面一位文学教授把握……嗔着诗人说：‘我这里是个自由的天地……’”冰心把闻名北京城的高端文化沙龙写成了很没水准的情人聚会，这可能是强加了一些个人情感在里面，与很多曾经参与过沙龙的文字记载有不小的冲突。

萧乾夫人文洁若在《林徽因印象》一文中说，有一次大姐拿一本北新书局出版的冰心短篇小说集《冬儿姑娘》给她看，说《我们太太的客厅》那篇小说的女主人公和诗人就是以林徽因和徐志摩为原型写的。

从流传到今的文字资料里，好像还没有林徽因与冰心冲突的记录，那么冰心如此直接地“针锋相对”也许是仅仅出于“醋意”，但以冰心的名气，在当时应该会引起一些关注。如果圈儿里人都因此而以为是那么回事，林徽因的个人形象或多或少地都会受到一些影响吧。

那么作为被“讽刺”的女主角林徽因应该“以牙还牙”，给予强烈的还击才是。但林徽因并没有因此做出什么出格的行动，而是把大度进行到底了。

李健吾也是一个有力的见证，他在回忆林徽因时曾说：“我记得她亲口讲起一个得意的趣事：冰心写了一篇小说《我们太太的客厅》讽刺她。她恰好由山西调查庙宇回到北平，带了一坛又陈又香的山西醋，立即叫人送给冰心……”

她只是使了一个小动作，便巧妙回应了讽刺，不显山不露水，还显示了一个女人的胸襟气度，真是让人折服。

可见，林徽因是一个豁达大度的女人，绝对不会在不该计较的事情上浪费精力，她显然并不是太在意那篇讽刺小说，或者说根本没放在心上。所以至今在这件事情上也没有她任何的负面描述，倒是那篇小说出尽了风头。尽管冰心后来说那篇带有明显讽刺意味的小说写的不是林徽因，而是陆小曼，但写的是谁好像已经不重要了，重要的是林徽因的宽容大度给我们留下了深刻的印象。

正所谓“夫唯不争，故天下莫能与之争”，有智慧和宽容大度的人总是“不争而善胜”。而有些事情确实不必太在意，它们毕竟不是我们生活中的重点，有时在意了反而会白白消耗我们的时间与精力，甚至有损于我们的形象。

太计较的女人容易衰老，也容易失去朋友。如果林徽因与冰心口舌相争，对其不依不饶，非要争个你死我活、是非对错，那可能是文坛上的一场“血雨腥风”，到最后也可能是两败俱伤，不但伤了和气，还会“歼敌一千，自损八百”，并且有损于自己的形象。

生活中的事情，很多是仁者见仁，智者见智，并没有所谓的对与错的划分，也没有具体的评判是与非的标准，关键在于我们自己的界定与考量。如果捕风捉影，见不得一点不遂我们愿的事情，眼睛里容不下沙子，那生活中处处都是不好的事情，所有的人都可能在与我们作对，那样会活得很累，不光自己累，我们身边的人也会跟着累。

平心而论，无论何时，锱铢必较无法衬托女人的气质，只会让女人显得没有涵养，甚至令人生厌。所以，女人可以有自己的主见，但一定不要把这些主见跟挑剔和刻薄挂上钩。你可以维护自己的权利，但是对于一些无伤大雅的小事，不如大度一点。对别人大度，就是对自己宽容。当你不再把精力放在那些无聊的事情上，当你开始反省自己，你的人生才有进步的可能。

善解人意的女子最受欢迎

善解人意的温柔女人，他人与之相处简直如沐春风。一般女人认为，男人们喜欢的女人应该是漂亮、洁净、温柔、贤惠。其实，在男人的心目中，善解人意的女人是最可爱的，因为善解人意的女人都很善良、真诚；她们对人生有了一定的感悟，在待人接物中表现出自己的风格和个性美，不会给人出难题，让人失面子。

林徽因有一颗助人的热心肠，她的助人是那种不求任何回报的，她有着诗一样的善解人意的情怀。

沈从文有一段时间的生活很是困窘，林徽因得知后有意接济他，但又怕直接帮助他他不肯接受，于是故意让堂弟林宣向沈从文借书，在还书的时候在书里夹一些钞票。林徽因的善解人意真的让人叹服。

林洙在《梁思成、林徽因与我》一书写道："我那时除了从家里带来的几件首饰外，身无分文。为了安个小家，我准备卖掉一些首饰。那时林先生还健在，她知道了把我找去，问我有困难为什么不告诉她，我没话可说。接着她告诉我，营造学社有一笔专款是用来资助青年学生的，并说我可以用这笔钱。她看我涨红了脸，结结巴巴地说不出话，立刻说：'不要紧的，你可以先借用，以后再还。'并且不由分说地把存折给了我。"

林洙第二天到银行取钱的时候，发现那是梁思成的存折，她当时心里就有些疑惑，向林徽因问了存折的事情。林徽因笑着对她说，学社的钱当然用的是梁思成的名字，要的是让她免除心理上的顾虑，安心用钱。

“她还送了我一套清代官窑出产的青花瓷杯盘作为礼物，可惜当时我对这份礼物的价值毫无认识。一天，王逊先生看见我用这套茶具待客，吃惊地说：‘喔！你就这么用它？’我却学着当时流行的口头语说：‘它也要为人民服务。’王逊苦笑了一下，没有作声。我现在每想起这件事，眼前就出现王逊那苦笑的脸，林洙啊！林洙！你真是浅薄而无知。”林洙对林徽因给她的帮助自是感激涕零的，林徽因的善解人意由此也可见一斑，真的是用心良苦。

后来，当林洙提起要归还那笔钱时，她发现林徽因总是很快把话题引向别处，甚至不给她发话的机会，而且她说话时，别人是没有插嘴的机会的。后来，林洙好不容易找到一次机会告诉她再把钱存回银行时，她却说：“营造学社已不存在了，你还给谁呀？”言外之意，那钱是不用还了。林洙自是不同意，她刚要申辩，林徽因却以一个长辈的口吻很严肃地对她说：“以后不要再提了。”此事就这样不了了之。

直到后来，林洙才明白，那个时候营造学社正是因为缺少资金才停办的，而最后的那点经费，也都分给其他的社友了，而给林洙的这笔钱，根本就是她们自己的。帮助别人还要费尽心思地找借口，让受助者感到安心，这样不求回报的助人心思不是所有人都有的。对于林洙，林徽因还不仅仅是金钱上的帮助，林洙刚到北京的时候，是林徽因帮她安排生活，帮她找学校念书，还教她英语，鼓励她发表意见。

有人说，善解人意的女人不仅仅是坐船的，也不只是划船的，而是帮朋友一起撑船的。所以一个善解人意的女人的身边一定会有很多真诚的朋友。像沈从文一样，他对林徽因的感激，使他一生都在维护林徽因。

善解人意的女人是最受欢迎的，是每个人都渴望接近的，因为善解人意的女人会和朋友相处得轻松快乐，她总是给人以亲切感。无疑，这种亲切能给她和她的家人带来良好的人际关系。善解人意的女人总是在生活中尽力照顾朋友，在事业上尽力支持朋友，朋友生病时亦有她们的身影。当朋友需要帮助的时候，善解人意的女人愿意为朋友做出一些牺牲，甚至超出常人的付出，她们会把自己完全真实的一面展现给朋友们。

善解人意的女人是善于倾听的。她会专注于你的谈话，当你提问的时候，她会轻声作答。当她高兴地望着你的时候，她脸上的笑容也是浅浅的，让人联想起春天河边静静盛开的花朵。

善解人意的女人直率、自立、自强、心细、心胸宽广，她们最能让朋友感到踏实而有安全感。我们也像林徽因一样，做个善解人意的女人吧，给我们身边的朋友以相依相伴的感觉，永远给朋友以尊重，做一个让人信赖、使人温暖的女人。

Part 3

走自己的路，看自己的景，用向上的姿态囊括美好

——每一个女神，都活得足够努力

女神是能轻轻松松就做得了的吗？女神不仅要有惊艳的外貌，还要有高雅的气质，更要有刚毅的灵魂。虽非须眉男子，却不失大丈夫的睿智、果断，或驰骋文坛，或纵横商政。更兼以小女子的细心经营，耐心守护，才方能赢得才女美人的励志传奇。每一个女神，都活得足够努力。

站在别人仰望的高度看世界

林徽因被后人喻为“一个人文符号”，是“中西文化的完美融合”和“中国知识女性的杰出代表和光辉典范”，而她可能并不在乎这些光环，觉得自己不过是做到了一个真实的自己而已。这样的女子是被人仰望的，因为她站在了别人仰望的高度看世界。

我们常常要借助一个男人的光线，才能看见他背后的女人，但林徽因是一个例外。在林徽因身上，折射着许多优秀男人的光芒，而她反过来又为这些男人增添了光彩，我们透过她的光亮，把那些有着别样才情与身世的男人看得更加清楚，比如梁启超、胡适、梁思成、徐志摩、金岳霖、费正清、沈从文、张奚若……这串散发着光芒的名单里，间或瞥见林徽因的衣袂飘动，她与他们终生保持着或父或兄，或亲或友的深厚情感。

林徽因的一生是毫无争议的，也是令大多数人所倾慕的，然而她也并不是随随便便就能得到这么多钦慕的目光，她的一生都活得足够努力，所以她才能一直站在别人仰望的高度。

林徽因从美国哈佛大学读完建筑学，回国后是有机会赚钱，过安逸的小资生活的。但林徽因没有享受先天优越的条件，将自己光鲜的一面当作可以骄傲的资本，而是选择了重塑人生高度，去清华大学创建了建筑系，这在当时有着如此建设性的考量与决定，需要的不仅仅是眼光，更需要一种责任感和使命感。

也许是专业性太强的缘故，林徽因在她的主业建筑师领域所取得的骄人成绩不常为人道，倒是她的业余爱好——数量并不算多的诗歌、小说被广为流传，她在人们心目中的形象，更多的是个才华横溢的才女，其实林徽因在建筑领域也可谓是巾帼不让须眉。

林徽因有着文人的浪漫情怀，但她更是一个活在现实里的女人。浪漫，只是她生活里的一剂调料而已，她把浪漫的点滴融入日常生活里。但她不会为浪漫而活，而是努力去追求更多坚实的价值和稳固的生活。一个各方面都优秀的女人，有足够的条件将浪漫进行到底，将情调设为生活的主旋律和终极目标，而在林徽因的字典里，她却将建筑事业摆在了最重要的位置。

林徽因后来为了保存北京的古建筑，不惜与当时的政府官员拍桌子叫板，甚至蒙受了不白之冤，有人说她和梁思成是封建主义的残留，为了表明自己的清白与傲骨，林徽因在病重的时候甚至一度拒绝用药，完全将生死置之度外。

以林徽因所站立的高度，她几乎赢得了所有自己想要的，也正因为她所站立的高度，令与她相处的男子感到了压力与挑战，不光她的父亲需要跟上她的思维，连她的丈夫也有一种紧迫感。梁思成说："所以做她的丈夫很不容易。中国有句俗话，'文章是自己的好，老婆是人家的好。'可是对我来说，老婆是自己的好，文章是老婆的好。我不否认和林徽因在一起有时很累，因为她的思想太活跃，和她在一起必须像她那样反应敏捷，不然就跟不上她。"

"老婆是自己的好，文章是老婆的好"，恐怕是丈夫对林徽因最高的褒奖了，一个不走寻常路的女人，和她在一起，需要男人有不凡的见识和宽广的心胸，还需要有足够强大的内心。

我们可能常常习惯于仰望属于别人的高度，认为那是我们自己所难以企及的。其实，别人能做到的，我们同样也可以，我们大可不必总是站在仰望别人的位置。

我们的身高是基因决定，如果先天基因不足，到了一定的年龄，就无法再增高，但是精神的高度却可以人为，这个高度是没有定数的，要看我们努力的程度。有时候我们得不到别人的尊重，甚至受到别人的藐视，是因为我们达到的高度不够，这个时候，我们所能做的不是自怨自艾，也不是去与他人争个你死我活，而是应该去增加自己的高度，高到让他人足以仰望自己。

我们要想站在他人可以仰望的高度上，首先就要明白自己所站的位置。处在一定的高度是让人仰望的，因为林徽因为自己打造了足够的高度，所以众人只能仰望她。

人生的高度并不完全取决于我们头顶上的光圈，而是在于我们有没有想改变和提升自我高度的态度，哪怕从低处开始，哪怕从卑微起步，都能够打造属于我们的高度，而这个就是可以让人仰望的高度。

别人可以仰望的高度，与相貌无关，与家境无关，只与你自身的能力和人格魅力有关。世俗的眼光都是势利的，你根本无法去改变，我们改变不了别人，那就改变自己。你要明白，当你的高度不断增加时，世人也就不敢也不能再将你看低了！

总得有一样东西是你终身热爱

人的一生中，都需要寻找一项自己可以托付终生的事业。所谓终生的事业，并非是我们大半生都在从事的工作，而它带给我们的快乐、成功，甚至财富都是工作所不能比拟的。

在林徽因的一生中，追求具有优雅品质的生活，追求自由，追求和谐，向往爱，这些构成了林徽因人生的风景。当然这些追求只是她生活的点缀，自始至终她都有着明确的理想与追求，甚至在十几岁的时候就树立了目标，并且用一生的时间来坚持了自己的选择，她从没有因受到情感的诱惑而中止，也没有因战争等原因而中断。

那么林徽因毕生所追求、一生所热爱的事业是什么呢？那就是建筑。谁也不曾料到，这个充满诗情画意的女子，最终选择了与钢筋水泥打交道的建筑学。

世人都说“林徽因是美的化身”，在林徽因的心里，建筑却是最美的。在《平郊建筑杂录》一文中，她介绍道：“这些美的所在，在建筑审美者的眼里，都能引起特异的感觉，在‘诗意’和‘画意’之外，还使他感到一种‘建筑意’的愉快……无论哪一个巍峨的古城楼，或一角倾颓的殿基的灵魂里，无形中都在诉说，乃至于歌唱，时间上漫不可信的变迁；由温雅的儿女佳话，到流血成渠的杀戮。”她丝毫也不掩饰自己对建筑的感情，甚至还对建筑赋予了它的时代意义。

在林徽因的笔下，那些建筑都是有灵魂的，活生生的物体，它们不仅仅是拥有外在结构的美，更有一种经过历史沉淀后呈现出来的沧桑的文化的美，不仅富有生命，而且富有内涵。因此，每介绍一座建筑，林徽因都不忘介绍它的历史，从它过去乃至现在所承担的历史意义。

如在《谈北京的几个文物建筑》一文中，林徽因介绍天安门广场就是这样开始的："北京的天安门广场，这个现在中国人民最重要的广场，在此前数百年中，主要只供封建帝王一年一度祭天时出入之用。一九一九年五四运动爆发，中国人民革命由这里开始，这才使这广场成了政治斗争中人民集中的地点。到了三十年后的十月一日中国人民伟大英明的领袖毛泽东主席在天安门楼上向全世界昭告中华人民共和国的成立，这个广场才成了我们首都最富于意义的地点。天安门已象征着我们中华人民共和国，成为国徽中的主题，在五星下放出照耀全世界的光芒，更是全国人民所热爱的标志，永在人们眼前和心中了。"

在《北京——都市计划的无比杰作》一文中，她如此写道："北京曾经是封建帝王威风的中心，军阀和反动势力的堡垒，今天它却是初落成的，照耀全世界的民主灯塔。它曾经是没落到只能引起无限'思古幽情'的旧京，也曾经是忍受侵略者铁蹄践踏的沦陷城，现在它却是生气蓬勃地在迎接社会主义曙光中的新首都。它有丰富的政治历史意义，更要发展无限文化上的光辉。"

更甚的时候，林徽因还能大胆地采用拟人手法，描述建筑自身的感情。例如在写卧佛寺时，她写道:“说起帝国主义的压迫，再没有比卧佛寺委屈的了。卧佛寺的主持智宽和尚，前年偶同我们谈天，用‘叹息痛恨于桓灵’的口气告诉我，他的先师老和尚，如何如何的与青年会订了合同，以每年一百元的租金，把寺的大部分租借了二十年，如同胶州湾、辽东半岛的条约一样。其实这都怪那佛一觉睡几百年不醒，到了这危难的关头，还不起来给老和尚当头棒喝，使他早早觉悟……据说每年夏令会总成全了许多爱人儿们的心愿，想不到睡觉的释迦牟尼，还能在梦中代行月下老人的职务，也真是佛法无边了。”

正是由于林徽因对建筑的无比热爱，她将自己的感情融入建筑当中，她才能在野外考察中深深地感受到建筑的魅力之所在，将人生理想嫁接于中国历史的梁架之间。她通过自己的追求，让那些已经消失的中国古建筑在民族意识中重新被认知与认可。

她说，“或考证它的来历，或由村老传说中推测它的过往——可以成为一个建筑师为古物打抱不平的事业，和比较有意思的夏假消遣。而他的报酬便是那无穷的建筑意的收获。”林徽因永远为之乐此不疲。

在对建筑的一片深爱中，林徽因与其他人相比更为难得的是，她还保持着一份清醒的头脑。在《论中国建筑之几个特征》一文中，她也指出中国建筑的几个弱点，并像望子成龙的父母一样，期待未来能有极满意的新建筑产生。

林徽因是人民英雄纪念碑的主要设计者之一，在人民英雄纪念碑的设计上，林徽因倾注了自己的智慧，她和梁思成共同主张用传统方式设计人民英雄纪念碑，这样更能体现出中国人的精神。人民英雄纪念碑的设计应以碑的形式为主，以碑文为中心主题。她说："任何雕像或群雕都不可能和毛泽东亲题的'人民英雄永垂不朽'和周恩来亲题的碑文相比。"后来计划委员会采用了他们建议的设计方案。林徽因的追求也因此被永久定格在了历史的记忆里。

林徽因曾提出用西方现代主义建筑的结构技术结合中国建筑的传统文化来克服中国传统建筑的弱点，她说："建筑本是有民族特性的，它是民族文化中最重要的表现之一，新中国的建筑必须建立在民族优良传统的基础上……同时又必须吸收外国的，尤其是苏联的先进经验，以满足新民主主义的经济建设和文化建设中众多而繁复的需求，真正地表现毛泽东时代的新中国的精神。"她的研究成果与理论对实现中国建筑的新发展有着重大的意义。回顾林徽因短暂的一生，或许是由于她的光芒太甚，或许也是由于她的经历太复杂，我们常常会被各种幻象所迷惑。我想，只有读过林徽因笔下关于建筑文章的人，才能深切地体会到她对建筑的丰富感情，也才能真正地明白她内心深处所钟爱的是什么，她毕生所追求的是什么。最真实的林徽因，是一个对建筑有着终身热爱、执着追求，用自己艺术的眼光发现美、创造美的女人。

用热情面对生活抛出的难题

林徽因给人留下的最深印象就是她的热情，她对文学、对艺术以及她对建筑事业的热情。在她安静纯美的生活诗篇里，书写的是一个用热情筑梦的女子。

一个不到二十岁的文弱女子，居然立下学建筑的志愿，即便不在当时，就是在当下的时代，也是需要莫大的勇气的，若非家族承袭的原因，就是巨大热情的动力使然了。林徽因认为建筑是一个“把艺术创造与人的日常需要结合在一起的工作”，这项工作所需的不仅仅是奔放的创造力，更需要严谨的测量，技术的平衡以及为他人设想的构思。她充分尊重了自己的个性，并把一股热情完完全全地交给了它，她让自己的聪慧、才干和天分都得到了施展。

林徽因的热情影响到了梁思成。而当时的梁思成，“还在清华校园里又吹小号又吹笛，完全是一个兴趣未定的小伙子”，当他提出要承父业学西方政治时，被林徽因一票否决。当二人到谈婚论嫁的时候，她更是把梁思成必须去学建筑当作婚姻的“附加”条件。

梁思成自己也说：“我当时连建筑是什么都不知道。徽因告诉我，那是融艺术和工程技术为一体的一门学科。因为我喜欢绘画，所以也选择了建筑专业。”在当时，女性能够通过对建筑学的热情实现自我，的确是种难能可贵的超越。

对于热情，并不仅仅是一个选择，而是一份坚持，在大风大雨下的坚持，在艰难险阻中的坚持，在百折不挠中的坚持，林徽因都做到了。正如她在诗中所说：“别丢掉，这一把过往的热情”。

从1930年到1945年，她与梁思成共同走了中国的15个省，200多个县，考察测绘了200多处古建筑物，获得了许多惊人的发现，甚至，很多古建筑就是通过他们的考察才有机会得到了世人的认识和保护的。这是中国古建筑之幸，也是中华文化之幸。

从1937年开始，在梁思成与林徽因辗转数省颠沛流离的逃难途中，当初从北平带走的私人物品不是因生活窘迫当掉了，就是在不停地奔波中丢掉了，而战前他们在各地考察所得的照片、实测草图、数据、文字记录等建筑资料却始终留在身边。后来他们把不便携带的照片底版、珍贵文献、图册等存放在天津的一家外国银行的地下保险库。谁也不会料到，1939年的一场大水将银行的地下室淹没，存放在那里的资料几乎全部被毁。林徽因和梁思成夫妇得知这个消息的时候已经是两年后，夫妇二人都非常清楚失去这些资料对建筑学研究是多么大的损失，两人不禁痛哭失声。

在四川李庄暂居的简陋农舍里，梁思成、林徽因以及营造学社的同仁们一起决定全面系统地总结整理战前的考察结果，着手撰写《中国建筑史》。同时，用英文撰写并绘制一部《图像中国建筑史》，完成当初他们留学美国之时就埋下的梦想。

然而就在此时，林徽因却病了。虽然病魔缠身，但对建筑有着巨大热情的林徽因不愿就此赋闲在家，于是躺在病榻上的她让梁思成从史语所给她借回来许多书籍，躺在床上翻阅典籍，查阅资料。

在这段时间，她阅读了大量的汉代历史，从中研究汉阙、岩墓的资料。她又翻译了一批英国建筑学期刊上的学术论文，还准备撰写关于住宅建筑的论文。

梁思成在写给费正清、费慰梅夫妇的信中，如此描写林徽因对汉代建筑的痴迷："徽因对你做的将汉墓拓片复原工作极有兴趣，你可能不知道她已经深陷汉代不能自拔。而且和各类汉代人物私交甚笃，什么汉代皇帝、皇后，文武百官，他们的好恶，她讲来头头是道，好像在说自己的邻居一般！更有甚者，她能把他们各自的习俗、穿着服装、用具、性情联系起来。假如她持续如此研究下去，她会成为当代一位博学的年轻女汉学家。"

尽管生活艰难，长期卧病，但林徽因依然为自己能继续自己所钟爱的事业而高兴不已，不管环境怎样恶劣，她的热情始终支持着她，让她能坦然面对生活给予的难题。

热情的心态是做任何事都必须拥有的条件。一个对自己所追求的事业充满激情的人，无论面对什么困难，无论前面的路看起来是多么的暗淡，他们总是有足够的信心把心目中的愿景变成现实。自古以来，没有任何一项伟大的事业不是因为热情而成功的。

活在自己的心里，而非他人的目光里

“走自己的路，让别人去说吧”，但丁的这句名言至今成为很多人的座右铭。它告诫人们要坚定自己最初的信念，在自己的路上坚定不移地走下去，不必在乎别人说什么，不为世俗流言所动摇，不被飞短流长所干扰，只要认为自己是对的，就让自己成为最独特的风景。这样的境界是我们现在这个个性时代的人们所追求的，其实几十年前的林徽因就早已在这条路上走得无比自在了。

一直以来，林徽因的感情都是人们津津乐道的话题，特别是她与著名诗人徐志摩的那一段扑朔迷离的爱情，究竟是爱，还是不爱？如果爱，为什么没有选择他？如果不爱，为什么不相忘于江湖，从此山水不相逢？为什么还要纠纠缠缠，暧昧不清？在大多数人的眼中，他们之间的感情都是暧昧的，令人无法准确判断的。

但无论外面的流言蜚语如何，林徽因是一直懂得的，她在一次给胡适的信中，清楚地剖析了自己与徐志摩之间的感情，对于在康桥的那场恋爱，她说自己并没有觉得可羞惭的，反而给她人格、知识上不少的磨炼和帮助。

在信中，林徽因是这样说的：“我觉得这桩事人事方面看来真不幸，精神方面看来这桩事或为造成志摩为诗人的原因，而也给我了人格上知识上磨炼修养的帮助，志摩 in a way（从某方面）不悔他有这一段苦痛历史，我觉得我的一生至少没有太堕入凡俗的满足，也不算一桩坏事，志摩提醒了我，他变成一种stimulant（激励），在我生命中，或恨，或怒，或happy或sorry（幸运或遗憾），或难过，或苦难，我也不悔的，我也不proud（得意）我自己的倔强，我也不惭愧。”

时过境迁，对于当年恋爱这件事，确实没有什么好惭愧的。林徽因在那个因循守旧的年代，因为和徐志摩这段说不清道不明的感情，被质疑，被非议，只有她自己知道，但她一直保守着自己内心的高贵。而她之所以能让那些知她、懂她的人保持对她的尊敬与信任，也正是她不为世俗流言所动，不被飞短流长所扰的优雅从容。

在生活中，我们也常常会不自觉地在乎世俗人的眼光，为了得到别人的满意，我们可谓费尽心机：我们小心翼翼地关注别人的眼光，猜测别人的想法，猜想别人的评判……并小心翼翼地行事，唯恐别人指责。但是，即便我们这样用心，还会有人不满意，所以我们又开始为此伤神。其实，在很多时候，我们要做成一个事情根本花不了太多的时间，但是因为太在意别人的眼光了，所以将自己搞得身心疲惫。

其实，爱以别人的标准来衡量自己的人，无非是想通过听取别人的意见，来获得更为和谐、更为良好的人际关系。但是，你要知道，你周围有众多的人，你不可能做到让人人都满意，不可能让每一个人对我们都展露笑容。通常的情况是：你顾及这个人的感受，却有其他人对你产生不满，甚至根本不领情。每个人的利益是不一致的，每个人的立场，每个人的主观感受也是不同的，所以我们想做到面面俱到，不得罪任何人，又想讨好每一个人，是绝对不可能的！

一个人要活得自在，就不能太在乎他人眼里的自己是什么样子，因为你做的任何事，不管你思虑得多么周全，都会有人对你不满，都会有人对你指指点点。与其根据别人的眼光和说法来改变自己，还不如索性走出自己的路来，活出属于自己的精彩。

其实，假如一个女人必须通过外界的评价才能证明自己，旁人说你好，你就认为自己好；旁人说你不好，你就认为自己不好，那就只能说明，你并不是一个内心强大的女人。当女人不再依赖客观评判而左右内心世界的时候，才能做到真正的波澜不惊，成为一个让人仰望的女人。

女人内心要足够强大，这种强大并不是阿Q般的狂妄自大，而是经过生活的历练后沉淀下来的人生精华。内心强大的女人不会太过在意别人的想法，更不会因为外界的参与而盲目改变初衷，类似患得患失、瞻前顾后的心理“绝症”绝对不会出现在这样的女人身上。这种女人拥有强大的能力，内心的动力足以抵抗一切略带破坏性的干扰，她们的心中早已建起一座结结实实的堤坝，洪水来袭的时候只会被堤坝阻隔在外。

小女人温婉但不脆弱，她们有深度，也有足够强大的内心，她们不偏执，不自负，只是坚持自己心中的信念。当周围有嘈杂的声响混淆视听时，一定要坚定决心，让自己心中的梦想坚持下去，只有坚定才能让女人在生活道路上越走越宽，越来越平坦。

亲手栽培生命中那些美好

现代社会，总显得那么浮躁和不安，我们被太多的标准和言论所左右。比如，当你选择在事业上有所成就的时候，耳边总少不了这样的话："干吗搞得自己那么累？小心你这样嫁不出去，要知道男人可是不喜欢女强人的。"当你选择做全职太太的时候，耳边同样会有挥之不去的话"你天天这样待在家里，很快会与社会脱节的。而且最重要的是，全职太太的丈夫也最容易有外遇。"

人生就是一个丢丢捡捡的过程，我们面对很多的选择与放弃：到底是选择努力上进，还是该选择找一个好人就此嫁了；到底是选择坚持自己，还是按社会的标准来安排自己的生活；到底是自己正确，还是旁观者清。很多时候女人都是生活在左右为难和犹豫不决当中。

路，曲曲折折，百转千回。沿途是旖旎的风景还是困难险阻，总得走走才知道。别人只能帮你出谋划策，不能代替你去跋山涉水。所以，最后的选择还是得自己去做，因为这个选择最终付出的代价，埋单的人只是你自己。如果经验人生就是经营一个企业，在女人命运的董事会上，你就是最大的股东。

所以，女人要学会做自己，表达自己的特色，不要轻易为了谁而改变自己，反正变来变去也无法迎合每个人的胃口，只会在不断地改变中失去自我。改变时为了更好，不是为了适应谁，迎合谁。不管是已婚女人还是未婚女人，都应该知道自己要的是什么，然后做一个有主见的女人，把命运的钥匙牢牢地掌握在自己的手中。只有这样，你的人生才能得到想要收获的东西，人生才更幸福或者更能活出自我。

按照别人所期望的模式生活，牺牲自我，是天底下最愚蠢的事。因为最后为我们的行为买单的还是自己。所以，何必让他人来左右我们的人生，我们为何不做自己的主宰?

我们知道，林徽因聪明而且多才，与她交往的无不是学术精英，如政治学家张奚若、经济学家陈岱孙、哲学家金岳霖、物理学家周培源，在他们各自的学术领域里，无不是泰斗人物，就不必说胡适、沈从文、叶公超、朱光潜、徐志摩等文人雅士。与林徽因交好的人大多数是男性，在同性中鲜有与她走得太近的人。同时代的女性，大多数人才情远远逊于林徽因，她们无法与林徽因在同一层面上对话，林徽因又不愿假作谦和状态与她们敷衍，所以当时有很多女人对林徽因有误解，甚至是怨怼。

虽然林徽因不容于同性，但是她并没有随着别人的眼光改变自己，迁就别人，在她看来，她就是她，不管别人怎么说，怎么看。

能为自己做主的女孩是勇敢的，因为她要面对他人的不同意见，她要承受独自探路的风险，她要承受因为自己的执着而可能出现的种种后果。林徽因无疑是一个有主见的女人，自己去选择要走的路，不管这条路上等待她的是什么，她都甘愿承受。所以林徽因也得到了那些随波逐流的人无法得到的收获。

敢于自己做主的女人并不是任性和倔强，而是明白什么是适合自己的，什么对自己是最重要的，什么是自己喜欢的。她们因为了解自己而抛却人云亦云的随波逐流，她们因为相信自己而坚持做自己。敢于做自己主的女人在做选择的时候也已经做好了承担所有后果的准备。不管好的坏的，都是自己的选择，不用抱怨谁，也不用谁负责。自己就是自己的主人，活出自己想要的人生，不管这一路是布满荆棘，还是开满鲜花。

有主见的女人不仅自己会保持一颗淡定平和的心，还会赢得他人的信赖。没有人会喜欢一个没有主见的人。因为没有主见的女人总是患得患失，总是诚惶诚恐，在犹豫不决中忘了去感受生活的美好。

最后，我想说的是，不管是工作还是感情，女人都不能把希望寄托给别人，最美好的希望还要自己亲手去栽培。若实现了便皆大欢喜，即使不能实现也问心无愧，因为靠自己去争取的心态早已让女人拥有了一颗淡定的心。这颗心能安然承受命运赏赐的惊喜，也能接受付出之后没有完美结局的缺憾。

有一种信念，命运永远不会辜负

生活不可能处处是坦途，难免起起落落，如果吃不了苦，只能过富有而悠闲的日子，一旦遇到运气不好的时候，可能就慌了手脚，那时候反而在心理上要承受更多的痛苦。

我们若只想做一个平凡的女人，天天围着油盐酱醋打转，今天吃饱了不管明天，自然是磨难少一些更好，但若想做一个出类拔萃的女人，就必须能吃别人吃不了的苦，如此才能取得他人得不到的认可与敬重。

林徽因是一个“既耐得住学术的清冷和寂寞，又受得了生活的艰辛和贫困”的奇女子。这是既成的事实，无须半点怀疑。凭林徽因优越的条件，她是完全不必吃苦的，但在她的一生中，却充满了“自讨苦吃”的经历，当然她吃得了别人吃不了的苦，也铸就了别人无法拥有的人生与人格的辉煌。

在当时的中国，建筑事业并不是最紧迫的，林徽因完全犯不上投入太多的精力，尤其是抗战爆发以后，在日军兵临城下的危急时刻，林徽因仍然在进行建筑史的调查与研究。在她工作的时候，还常常能听到远处的枪炮声，就是在这样危险的情势下，她和丈夫发现了隋代的赵州桥以及唐代的佛光寺，北宋的隆兴寺，辽代的独乐寺和应县木塔等值得载入史册的木构建筑。由于处于非常时期，他们经常打地铺，甚至在天气特别冷的情况下裹着报纸入睡。

辗转大西南之后，林徽因带着病体，脚步踏遍乡野，居然度过了最艰难的五年时光。即使病倒在床榻上，她还不忘为写《中国建筑史》而搜集资料，经常到深夜还不休息。在那一段岁月中，林徽因的身体每况愈下，经常大口大口地吐血，所受之痛苦可想而知。

在生活上，他们也过得很苦，有时需要通过朋友们的资助才能维持正常的生活。梁思成在写给好友费正清夫妇的信中如此形容他们在李庄的生活："很难给你描述，同时你也很难想象我们眼前的生活：在菜籽油灯的微光下，缝着孩子的布鞋，买便宜的粗食回家煮，过着我们父辈少年时期的粗简生活。"林徽因曾这样描述逃难的经过："我们在令人绝望的情况下又重新上路。每天子夜一点，摸黑抢着把我们少得可怜的行李和我们自己塞进长途车，这是没有窗子、没有点火器、样样都没有的玩意儿，喘着粗气、摇摇晃晃、连一段平路都爬不动，更不用说又陡又险的山路了……"在漆黑而又寒冷的夜里，他们的车在山上抛锚，全家人不得不摸黑走并不熟悉的山路。

李健吾曾激动地说："她是林长民的女公子，梁启超的儿媳。其后，美国聘请他们夫妇去讲学，他们拒绝了，理由是应该留在祖国吃苦。"美国学者费正清教授也说："倘若是美国人，我相信他们早已丢开书本，把精力放在改善生活境遇上去了。然而这些受过高等教育的中国人却能完全安于过这种农民的原始生活，坚持从事他们的工作。"

林徽因完全有理由和条件享受更好的生活，至少不会受这么大的苦。但她成全了自己，她宁愿塑造一个伟大的灵魂，也不愿过安逸的日子。

我们且不必像林徽因那样吃苦，但在当今社会中，做一个女人，同样也需要有吃苦精神。

想要获得任何成功都不可能是一帆风顺的，“吃得苦中苦，方为人上人”，唯有吃别人吃不了的苦，才能获得别人达不到的人生高度。不经历风雨怎能见彩虹，没有经历过狂风暴雨和困苦的折磨，就难以激发我们体内的潜能，没有经历过苦难和挫折的人生很难说是完整的人生，而缺乏苦难打磨的人也不太可能拥有健全的性格。

万物相生相克，无下则无上，无低则无高，无苦则无甜。唯苦过，方知甜，我们且不可为追求现成的物质生活而忘记甚至逃避吃苦的经历，我们在苦中才能发掘出生命里的宝藏，体悟到生活中的酸甜苦辣。有时候看似容易的路反而更难走，未经苦难磨砺的女子习惯于顺境，总容易严以待人，而饱经风霜的女人才深谙逆境之道，反而能宽以处世，说话让人喜欢，做事让人感动。

怕苦的女人苦一辈子，不怕苦的女人苦一阵子，人生就是吃苦的前与后，我们先吃苦，苦吃完了，剩下的就都是甜，如果先享受，把老本挥霍光了，还是有吃苦的时候。《哈利·波特》的作者罗琳最爱说的一句话就是：“人生就是受苦。”其实苦与乐，是一个相对的概念，像林徽因一样迎着苦上，学会苦中作乐，其实她的苦也是一种享受。

淡定从容是面护心镜

生活中，风险无处不在，意外总比明天来得更早。据资料统计，在全球，每年约有370万人死于意外伤害事故，约占人类死亡总数的6%，仅次于自然死亡。生活中总是充满了变数，意外和生活相伴相随，问题是面对意外给我们带来的改变，你该如何面对?

抗日战争爆发后，身在北平的人们开始了大迁徙，因为逃难，林徽因和梁思成不得不舍弃北平那些精致的岁月累积，开始了颠沛流离的生活。逃难期间，林徽因在李庄的6年恐怕是她一生中情绪最抑郁的时期，在战争与疾病中艰难度日的她，几乎过着与世隔绝的生活。对于这段日子，她在给费慰梅的信里写道:“我们遍体鳞伤，经过惨痛的煎熬，使我们身上出现了或好或坏或别的什么新品质。我们不仅体验了生活，也受到了艰辛生活的考验。我们的身体受到了严重的损伤，但我们的信念如故。现在我们深信，生活中的苦与乐其实是一回事。”

在最困难的时候，她依然“信念如故”，磨难锻炼了她的意志，使她领悟到“生活中的苦与乐其实是一回事”，她能够坦然面对现实世界里更多的挫折，苦也好，乐也罢，都会成为过去式。

林徽因一生中的很多时光是在病痛中度过的，但她很少让人意识到她身体的不适。

作为留下文字记忆不多的见证者之一，林洙对林徽因面对生活的优雅从容给予了充分的肯定：“我和建筑系的老师们往往在梁家听了满肚子的趣闻和各种精辟的见解与议论之后，在回家的归途上，对梁、林两位先生的博学与乐观精神万分感慨。我从没有听到过他们为病痛或生活上的烦恼而诉苦。”

林徽因只是把自己最好的一面或者最能给大家带来收获与快乐的方面展示给了大家。

林洙在书中讲道：“其实，他们的现实生活十分艰辛。新中国成立前清华的教工宿舍还没有暖气，新林院的房子又高又大，冬天需要生三四个约有半人多高的大炉子才暖和。这些炉子很难伺候，煤质不好时更是易灭……室内温度的高低冷暖，直接关系到林徽因的健康。我回转身来，见到林先生略带咳嗽、微笑着走进来，她边和我握手边说：‘对不起，早上总是要咳这么一大阵子，等到喘息稍定才能见人，否则是见不得人的。’她后面一句话说得那么自然诙谐，使我紧张的心弦顿时松弛了下来。后来我才知道，她这句话包含着她这一辈子所受的病痛的折磨与苦难。”

可见，林徽因的从容淡然已经超越了现实生活对她的束缚，虽然生活境况并不如人意，身体状况也是那么不理想，但她依然乐观地面对生活。

林洙很吃惊地看着她，觉得再也没有见过比林徽因更瘦的人了，但“她那双深深陷入眼窝中的眼睛，放射着奇异的光彩，一下子就能把对方抓住”，仍旧是那样的气质不凡，优雅已然融入她的骨子里，成了她生命的一部分。

金岳霖在写给费正清夫妇的信中这样说道："徽因看上去和一年前一样，依然充满活力，依然侃侃而谈，还是那样执着于寻找艺术灵感，继续为人性忧虑的同时挥洒着她的博爱。她无时不在的思想活动让她无法安于病榻，不时地就会像是又在发表演说，一会是佛像，一会是希腊风格，一会儿又回到她的家庭成员身上……"

对于生活而言，若能做到无论拂逆几何，我心依旧从容，的确是一种难得的境界。但这也并非奢望，因为从容不需要我们愚公移山，不需要精卫填海，只是一颗随遇而安的心。若始终保有这样的生活态度，从容之境又有何难？生活中，常常都是烦事多，喜事少，谁都一样，无论高高在上的人，还是土里刨食的百姓，总要面对一件又一件拂逆的事情。我们永远都无法左右它们的发生，但我们可以决定如何去面对。既然我们愿意不愿意，它们都要发生，那么我们何不以平常心对之，随遇而安地生活呢？

有一位诗人曾经说过："人生就像一柄打造的剑，需要用磨石来不断地打磨，剑才会变得锋利；一块璞玉需要经过粗石的打磨才会变得莹润。"这里所说的打磨，其实就是我们人生当中所要面对的种种考验。在人生的意外出现时，唯一能使我们不觉其拂逆的办法，就是以一颗平常心来从宽地对待和处理，让自己"随遇而安"。一个人如能不管际遇如何，都保持豁达从容、随遇而安的心境，远是比拥有万贯家财更有福气。

意外总是在不经意间发生，生活里没有绝对的稳妥和幸福，许多突如其来的不如意，注定你会有所失去，但对于一个淡定、从容、豁达、坦然的人来说，生命中的顺逆都不必太执着。因为有时候看似挫折或忧伤，实际上却是生活对于我们心灵的另一种馈赠。就像有人原本想要吃甜的，于是在食物里加了点糖，但他觉得不够甜，想要再加，结果不小心加了一小勺盐。怎么办？苦恼、懊悔、怨恨，都无济于事，因为盐已经放进去了。但如果静下心来品尝一下，这盐反而更增强了糖的甜度与味道。造物主竟有这样绝妙的安排，何必幽怨呢？

人生际遇往往不是任何人能左右的，一生中我们或许都很少真正感觉自己的生活一帆风顺。在这种环境下，唯一能使我们不觉得烦恼的方法，就是让自己宽心——没有芳香的鲜花，我们可以欣赏小草的青翠；没有蔚蓝的天空，我们可以享受云朵的洁白；没有波澜的大海，我们可以感受小溪的悠然。不管怎样，只要我们始终抱着“拂逆境，从容心”，就一定能够在生活里找到属于自己的位置和精彩。

女人一定要内心强大

自古以来，女人总是被人爱怜的对象，因此造就了很多女人的软弱和依赖，在痛苦的时候，蜷缩于男人的怀里逃避一切。所以，软弱有时成了女人的代名词。

有相当一部分女人遭逢生命的变故的时候，总会不停埋怨老天:“为什么是我?”“为什么我就这么倒霉?”“我为什么这么命苦?”其实，仔细想想，即使哭哑了嗓子，事情也不会无缘无故地好转，所以最终仍要坚强地面对。

林徽因虽家境优越，但身处乱世，她有着强大的责任感与使命感，她并不追求物质生活的丰裕，也不图名图利，当然更不会自怨自艾，抱怨命运的不公，她的精神世界是美丽的，她的内心是刚强的。

为了躲避战乱，在最艰苦的时候，林徽因和梁思成蛰居乡下，当时他们的生活很不如意，经常处于困顿的状况中，而林徽因又是贫病交加，这还不算，他们还常常需要面对生死考验，因为日本的轰炸机会时不时地从他们头上飞过。就在如此险象环生的情况下，林徽因却能泰然自若地在信里写下这样的文字:“思成是个慢性子，愿意一次只做一件事，最不善处理杂七杂八的家务。但杂七杂八的事却像纽约中央车站任何时候都会到达的各线火车一样冲他驶来。我也许仍是站长，但他却是车站！我也许会被碾死，他却永远不会。”

显然这是她对正常生活的一种描述，战争的危机好像不会波及她，而日本的轰炸机也好像是个摆设似的。在如此危机四伏的背景下，她却依然淡然自若，这确实是一种境界。

抗日战争爆发的1937年，林徽因从佛光寺调查归来，曾写信给在北戴河居住的女儿梁再冰说：“如果日本人要来占北平，我们都愿意打仗，那时你就跟着大姑姑去她们那边，我们就守在北平，等到打胜了仗再说。我觉得现在我们做中国人应该要顶勇敢，什么都不怕，什么都顶有决心才好……你知道你妈妈同爹爹都顶平安的在北平，不怕打仗，更不怕日本。”

林徽因的刚强是发自骨子里的，是种天不怕地不怕的强性情。

梁从诫回忆母亲时谈道：“有一次我同母亲谈起1944年日军攻占贵州独山并直逼重庆的危局，我曾问母亲，‘如果当时日人真的打进四川，你们打算怎么办？’她若有所思地说，‘中国念书人总还有一条后路嘛，我们家门口不就是扬子江吗？’我急了，又问，‘我一个人在重庆上学，那你们就不管我啦？’病中的母亲深情地握着我的手，仿佛道歉似的小声地说，‘真要到了那一步，恐怕就顾不上你了！’听到这个回答，我的眼泪不禁夺眶而出。这不仅是因为感到自己受了‘委屈’，更多的，我确实被母亲以最平淡的口吻所表现出来的那种凛然之气震动了。我第一次忽然觉得她好像不再是‘妈妈’，而变成了一个‘别人’。”

这个看似有点弱不禁风的女子，而她的内心则有一种近似于大义凛然的气魄，完全不输于须眉男子。

现在的女性虽然有了很多和男人平起平坐的机会，但面临的困难也相应比男人多，这时候就需要女人的坚韧，能知难而进，坚持到底。成功的人和失败的人最大的不同就在于能不能坚强并坚持。

所以，我们要像林徽因一样做一个内心强大的女人，碰到令人伤心的事情发生时，第一个念头要告诉自己：“它来了！这是必经的进程，只有自己能帮助自己，所以我要勇敢面对，现在就想办法处理！”不断用心灵的力量来为自己打气，然后要比平时更振作，才能让自己走过生命的黑暗期，迎向灿烂的光明。

遇到困难时，越是坚强的女人，越有一股让人尊敬与心疼的魅力，唯有自己表现得更坚强，别人才能帮助你、欣赏你。

争取一种更好的可能

“温柔要有，但不是妥协，我们要在安静中，不慌不忙地坚强。”林徽因这样说。

作为一个女人，温柔是有度的，而刚强则是不可逾越的底线，无论在什么样的境况下。事实上，林徽因自己也确实是一个外柔内刚，有原则的女人。

有一次，大汉奸汪精卫之妻陈璧君要在梁再冰就读的小学演讲，林徽因得知情况后，坚决不让她去听那次演讲，当时年幼的孩子非常不解：

“同学都去了，为什么我不能去？”

但林徽因依然坚持自己的意见。后来，林徽因才知道，在梁再冰班里，就她和张奚若的儿子张文朴没去，她很欣慰，国难当头，她怎么能容许自己的孩子去听主和派汉奸老婆的演讲呢？

一个外柔而内刚的女子在做事时，绝对不是由着性子的坚持，而是基于对理性的判断。当外界的变化违背了自己内心的评判标准时，却不会屈尊俯就，依然“刚”性不变，这是一个女子最可爱的地方，也是最值得我们敬重的。

一个卓越的灵魂是可以战胜自我并超越自我的，而超越自我的部分就会在“刚”性里发酵、升华，从而使其成为一个高尚的代表。

20世纪50年代初期，在文物保护问题上，林徽因与当时的官员产生了严重分歧，为了挽救四朝古都仅存的完整牌楼街不被毁于一旦，林徽因的丈夫梁思成与吴晗发生了激烈的争论。由于吴晗的言论，梁思成被气得当场失声痛哭。

对乱拆古建筑，林徽因深为伤感，她居然能拍案而起，指着当时的历史学家兼副市长吴晗的鼻子，厉色怒斥道：“你们拆的古董至少有八百多年历史，有一天后代子孙懂得了它们的价值之时，你们再建的就是赝品、是假古董。那一天会来的！”大义凛然的她一点儿也不像生病的样子。

同济大学教授陈从周回忆当时的情景道：“她（指林徽因）指着吴晗的鼻子，大声谴责。虽然那时她肺病已重，喉音失嗓，然而在她的神情与气氛中，真是句句是深情。”

在林徽因生命中的最后一个冬天，梁思成在波涛汹涌的批判大潮中病倒了，她努力用生命中最后的热度，当面向有关负责人驳斥他们对丈夫的种种批判，同时也为自己做了义正词严的辩护。

一个外柔而内刚的女人，在关键时刻，有着清晰的思路，那也是一种所向披靡的勇气。林徽因的“内刚”可以用疾恶如仇来形容，就连她的父亲也深深佩服她这一点，称“她的敏捷锐利，鞭辟入里，不是不让须眉，简直是让须眉汗颜”。

女人，的确亦应该有着傲骨和不屈不挠的斗志。所以,女人在任何时候都要学会不卑不亢。“不卑”，可以不惹人怜；“不亢”，可以不招人妒。“不卑不亢”的女人一定是从容自若的。当你坚持住自己的原则，也就拥有了不卑不亢的大气度，你就能在无形中给人一种无可抗拒的力量。

当我们有自己的观点和思想的时候我们不妨大声地说出来，这样反而会让别人更加尊重你，一个只知道说“是”或者“不是”的人，在别人的心中跟机器人无异，又有什么地位可言呢？

作为女人，我们要明白，善于妥协的女人很宝贵，但只善于妥协的女人却会显得很廉价。

Part 4

好好修养，好好爱

——爱情加面包，婚姻是女神修炼了一辈子的事

她既耐得住学术的单调和寂寞，又受得了生活的艰辛和流离。在被爱慕者包围的沙龙上有她的言笑晏晏，在穷乡僻壤里，她也会在大街上亲自提瓶子打油买醋。虽历经繁华，也能归山花宁静，她不是传奇，只是凡世间的一个平凡女子，在繁华的红尘中，追求着自己简单的生活与爱情。

善待那些爱自己的人

作为民国时最最令人瞩目的女人，林徽因在爱情方面可以说是春风得意的。在她的一生中，她所爱的，大都是爱她的，而且他们在爱她的时候，都是坦坦荡荡，所以令她倍感珍惜，即使自己不爱，即使不能爱，也懂得这份难得的情缘，善待那些爱自己的人。

初遇徐志摩的时候，林徽因才16岁，正是懵懂的年纪，对爱情一知半解，这个浪漫的诗人那样热烈大胆地追求她，惊坏了这个天真的孩子。收到对方热烈似火的情书之时，林徽因不知所措，连回信都不敢，于是父亲替她代笔给徐志摩写了一封婉拒的信："阁下用情之烈，令人感惊，徽亦惶惑不知何以为答，并无丝毫mockery（嘲笑）之意，想足下误解了。"没有指责，没有愤慨，也许是有着女孩淡淡的欣喜与骄傲，她对徐志摩一直保持着兄长的尊敬，这使他们在之后的岁月里能够在一个安全的距离里相互凝视，彼此珍惜。

徐志摩死后，林徽因以一个好友的身份写了《悼志摩》："志摩的最动人的特点，是他那不可信的纯净的天真，对他的理想的愚诚，对艺术欣赏的认真，体会情感的切实，全是难能可贵到极点。他站在雨中等虹，他甘冒社会的大不韪争他的恋爱自由；他坐曲折的火车到乡间去拜哈岱，他抛弃博士一类的引诱卷了书包到英国，只为要拜罗素做老师，他为了一种特异的境遇，一时特异的感动，从此在生命途中冒险，从此抛弃所有的旧业，只是尝试写几行新诗，这几年新诗尝试的运命并不太令人踊跃，冷嘲热骂只是家常便饭，他常能走几里路去采几茎花，费许多周折去看一个朋友说两句话；这些，还有许多，都不是我们寻常能够轻易了解的神秘……志摩，你这最后的解脱未始不是幸福，不是聪明，我该当羡慕你才是。”

从悼词的内容看，林徽因难掩内心的悲痛，她对徐的经历如数家珍，怀念之情溢于言表，但似乎也只是尽了一个朋友的情分，仅此而已。

在1947年病危时，林徽因以为自己不行了，她做出了一个惊人的决定，特地让人请来徐志摩的前妻张幼仪母子，虽然彼时她身体虚弱到几乎不能说话，但依然认认真真打量了眼前的两个人。

针对此情此景，张幼仪说：“我想，她此刻要见我一面，是因为她爱徐志摩，也想看一眼他的孩子。她即使嫁给了梁思成，也一直爱徐志摩。”至于林徽因婚后是否还一直爱着徐志摩，我们且不多说，单说她这一点，毕竟她与徐志摩有着一段情缘，并且彼此在精神的层面上有较多的默契，虽然故人已去，但她心里还记挂着他与他的家人。

也或者，她因当年与徐的交往，使得当时已怀有身孕的张幼仪同他离婚，虽然不是她的过错，但却是与她有些关系，林徽因对她抱有怜悯之心。爱也好，无奈也罢，林徽因都尽了自己的一份力量。这便是一个真正懂爱的女人，她的善良足以让仰慕他的男子永远铭记在心。

其实，张幼仪对这位昔日的“情敌”一直都有着至高的评价，因而才有张幼仪“徐志摩的女朋友是另一位思想更复杂、长相更漂亮、双脚完全自由的女士”这样的言论，或许这是她对林徽因格调的一种赞赏。

在林徽因的朋友中，还有一个人对她夹杂着特殊的感情，那便是金岳霖。据说，金岳霖因为林徽因而终生未娶。韩寒导演的电影《后会无期》里有一句台词是：“喜欢就是放肆，但爱是克制。”金岳霖用一辈子的时间节制了自己对林徽因的爱，成为近代感情史上的一段佳话。

这种发乎情止乎礼的爱，伴随了金岳霖的一生。金岳霖一直和林徽因的家人融洽相处，他获得了林徽因一家对他的敬重，其子甚至称他为“金爸”。他说：“我离开梁家就像丢了魂一样。”他和梁林一家几乎很少分开过，在林徽因病情最重的时候，她已经远非绝代风华的女子了，而金岳霖依然每天下午三点半，雷打不动地“出现在林徽因的病榻前，或者端上一杯热茶，或者送去一块蛋糕，或者念上一段文字，然后带两个孩子去玩耍”。

金岳霖对林徽因的至情深藏一生。在西南联大时期，为了躲避鬼子空袭跑警报，他不得不四处躲避，无论跑到哪里，他都会随身携带一个小箱子，据说那里面装的是林徽因写给他的信，为此他甚至把写了20年的《知识论》给弄丢了，他对林的重视由此可见一斑。林徽因死后多年的一天，金岳霖郑重其事地邀请一些至交好友到北京饭店赴宴，众人大惑不解。开席前他宣布说：“今天是林徽因的生日！”顿使举座感叹唏嘘。

这个男人的感情温润如玉，他像守护珍宝一样静静地守候了林徽因一生，他们是朋友，更是知己，有时候默契得宛如一体。但是林徽因始终保持着自己最高的理智，妥善地处理着自己有点纷乱的情感，对他，对丈夫，都保持着她最大的尊重。

也许是由于林徽因得到的爱太多，总有一些贬斥她的声音出现，是不屑也罢，是嫉妒也好，她从来都不曾在乎过，她只知道，要善待爱自己的人。现在看来，林徽因处理感情的方式，竟然是令人难以想象的完美，很少有人能在如此错综复杂的感情中滤清自己，但她却能把世界上最难处理的感情处理得如此圆融，没有伤害过任何人。

世人大抵都这样觉得，既然无法相爱，便不能相对。不能给对方想要的爱情便只能从此山水不相逢。其实，如果有一种更好的处理方式，以一种不伤害彼此的方式出现，岂不是更好吗?

所以，女人，一定要学会善待那些爱自己的人，因为这也是对自己的一种爱。

有面包的爱情才算完美

徐志摩是有情的，他的情多得几乎可以把林徽因快速燃烧起来，他也是浪漫的，浪漫到可以不顾及现实生活，逼迫着妻子打掉孩子，而他在生活实质方面的种种绝对不是林徽因所想要的，因而林徽因选择了梁思成，把浪漫的爱与情埋藏在心底。

有人形容林徽因是从徐志摩诗歌中走出来的女子，她只是诗人心中创作的素材和文学作品的梦想寄托，诗人所追求的林徽因是一个被无数次理想化、诗化的女子，甚至是一个现实当中根本不存在的女子。

在这一点上，徐志摩和英国诗人雪莱有着惊人的相似。他爱的不是现实生活中的某个女人，而是与他的诉求相关的女人身上的某些特质以及由这些特质所衍生出来的理想的女子。这样的女子是完美的典型，但和现实中的人或者是原型又有着本质的区别和根本的不同，这和文学作品源于生活又高于生活有着异曲同工之妙，拔高了的形象只是意识世界的产物。

林徽因也曾经这样告诉儿子，“徐志摩当时爱的并不是真正的我，而是他用诗人的浪漫情绪想象出来的林徽因，可我并不是他心目中所想的那一个”。

在林徽因看来，徐志摩当年疯狂追求和爱上的只是文学世界里的林徽因，而不是现实中的人。的确，生活中不能没有感情，但感情绝对不是生活的全部，人需要感情，但终究是要生活的，所以，除了感情之外，人还要追求别的东西。

林徽因是理智的，她知道她“并不是他心目中所想的那一个”，所以她谨小慎微地把握着“永远照彻我的心底”的“那颗不夜的明珠”。徐志摩说：“须知真爱不是罪，在必要时我们得以身殉情，与烈士们殉国、宗教家殉道，同是一个意思。”他理解的感情脱离了生活的原态，甚至为爱而爱，为谈感情而谈感情，进而不惜“殉道”。

女人得弄明白，生命里哪些东西是真实的，哪些东西是虚构的，感情和生活本身就不是同一个概念。

林徽因曾这样劝徐志摩：“徐兄，我不是您的另一半灵魂。我们是太一致了，就不能相互补充。我们只能平行，不可能相交。我们只能有友谊，不能有爱情。”林徽因是对的，生活在一起的两个人是需要互补的，任何脱离生活的感情都只是乌托邦式的一厢情愿。

林徽因回国前曾经给徐志摩留下一封信，她在信中写道：“我走了，带着记忆如锦金，里面藏着我们的情，我们的谊，已经说出和还没有说出的所有的话走了……上次您和幼仪去德国，我、爸爸、西滢兄在送别你们时，火车启动的那一瞬间，您和幼仪把头伸出窗外，在您的面孔旁边，她张着一双哀怨、绝望、祈求和嫉意的眼睛定定地望着我。我颤抖了。那目光直进我心灵的底蕴，那里藏着我的无人知晓的秘密。她全看见了。其实，在您陪着她来向我们辞行时，听说她要单身离你去德国，我就明白你们两人的关系起了变故。起因是什么我不明白，但不会和我无关。”

追求感情本没有错，但徐志摩做得确实有些过火了，他没给妻子张幼仪留下生活的空间，同样也没给林徽因留下空间，别人都无法承受他的感情之重。或许，这位大诗人把感情简单地等同于生活了。

据说，徐志摩的父亲非常不赞同他与张离婚，甚至不惜以断绝父子关系来阻止他，但诗人没顾及那么多，他依然做了他想做的事情，只是他没有得到自己想得到的结果。

其实生活也无非是柴米油盐酱醋茶，平平淡淡地过小日子，有个可以依靠的安全港湾，是很多女人的追求。徐志摩有才，是个大诗人，但林徽因不可能同他一起靠啃诗句过日子，也不大可能在持续不断的浓烈高潮中度过每一天的生活，尽管有爱，有感情，但生活毕竟是生活。

感情是必要的，但感情本身当不了饭吃，获得感情是必需的，但因感情而获得幸福的生活才是最重要的。林徽因同我们一样，都只是凡尘中人，生活在凡尘中就要遵循“感情不等于生活”的逻辑。

一碗粥、一杯开水，就是生活，生活是一种真实的状态，生活中可以有轰轰烈烈，但一直轰轰烈烈的绝对不是生活。生活中有责任，有亲情，有友情，生活中不可以没感情，但感情不是生活的全部。

女人请记住：我们要感情，更要简单幸福的生活！

明白自己想要什么样的生活

“如果有一天我获得了你的爱，那么我飘零的生命就有了归宿，只有爱才能让我匆匆行进的脚步停下，让我在你的身边停留一小会儿吧，你知道忧伤正像锯子锯着我的灵魂。”徐志摩写下许多激情洋溢的诗，这样的情诗足以融化任何女人冰封的心。

“我不是那种滥用感情的女子，你若真的能够爱我，就不能给我一个尴尬的位置，你必须在我与张幼仪之间做出选择。你不能对两个女人都不负责任。”这是林徽因的回应，真的是冰火两重天，这位才女的不同凡响之处，便是她的理智和冷静。

二十四岁的徐志摩，有妻子也有孩子。徐志摩追求林徽因的时候，他的妻子张幼仪腹中还怀有他的孩子，但是为了追求他所谓的自由爱情，徐志摩要和张幼仪离婚，甚至不惜逼张幼仪打掉腹中的孩子。后来，在张幼仪产后不久，徐志摩就迫不及待地逼迫她在离婚协议书上签了字。虽然，徐张二人的婚姻就连张幼仪自己都觉得像“西装和小脚”一样不般配，但这样的做法，多少显得有些冷酷无情。且不说这样的事情发生在那个年代，就是发生在今天，也会让人觉得不可思议，所以徐志摩的确是缺乏理智，并且冷酷无情的。

但是林徽因并没有跳入徐志摩的感情旋涡，年轻的她深知自己想要什么样的生活，虽然当时她对徐志摩不能说没有感情，但是她清楚谁才是真正适合她并可以陪她一生的“真命天子”。

“理想的我老希望着生活有点浪漫发生。或是有个人叩下门走进来坐在我对面同我谈话，或是同我同坐在楼上炉边给我讲故事，最要紧的还是有个人要来爱我。我做着所有女孩做的梦。我所谓极端的、浪漫的或实际的都无关系，反正我的主义是要生活，没有情感的生活简直是死！……如果在‘横溢情感’‘僵死麻木的无情感’中叫我来拣一个，我毫无问题要拣上面的一个，不管是为我自己或是为别人。人活着的意义基本的是在能体验情感。能体验情感还得有智慧有思想来分别了解那情感，自己的或别人的！”林徽因在《致沈从文》中曾这样写道，所以说，她不是没有浪漫情结的人，只是浪漫里融入更多的理智和冷静。

后来，林徽因嫁给了梁思成，我们只知道他们“执子之手、与子偕老”，至于多少是出于爱情，谁也不得而知，因为她的诗作里没有他，与她一起生活的男子只存在于她的现实生活里，而不是活在她浪漫多情的梦想之中。而那个曾经追她追得很紧的诗人却经常在她的诗歌里做客。

“这一定又是你的手指，轻弹着，在这深夜，稠密的悲思；我不禁颊边泛上了红，静听着，这深夜里弦子的生动。”诗人在后来的《深夜里听到乐声》中这样写道，他似乎从始至终都在以一种他自己的方式呼唤着心中的女神林徽因。

“我懂得，但我怎能应和”，这是林徽因的回应，或者说这是她自始至终的态度。

林徽因的理智，是一种雷打不动的坚持，一如她在徐志摩的悼文中所说：“他如果活着恐怕我待他仍不能改变”，“也就是我爱我现在的家在一切之上的确证”。理智与冷静，有时候更像是一种承诺，是对自己做出选择的一种忠诚度。

很多人都说，林徽因是一个情感自私的女子，从爱情到婚姻，她最爱的一直都是自己，别人都很少能进入她的思维领域，无论是谁。因此她能保证在诗人的疯狂追求下而独善其身，理智地选取自己需要的情感。

其实，女人面对感情难题的时候，只有冷静地思考问题，我们才能分辨出感情的真伪，才能看清那人、那事的本来面目，才能知晓哪些东西是我们自己的，哪些东西是我们所需要的，才不会受到迷惑，从而做出明智的决定，不会造成无法弥补的过错与过失。有时候，一点理智，一点冷静，能帮助我们去深究事物的原理，洞察人与事的真相，不会让自己在迷茫中失去方向，更不会让自己受伤。

的确，多一点理智，多一点冷静，就可能会避免“一朝失足千古恨，再回首已百年身”的事情在我们的身上发生。冲动是魔鬼，不理智、不冷静容易犯错。一个女子，若遇事能冷静处理，泰然自若，从容应对，尤其是不会在感情上意气用事，不会在冲动中做决定，这样的女子是生活的高手，会少走很多弯路。

选一个配得上自己的男子

杨绛说得妙极了：“才女要嫁须嫁完全的学者——不官本位，无商贾的精刮，不匠气，术业有专攻，有着赤子之心的才子，唯其如此，才女的读书生活才能全面协调可持续发展。”还有人，说婚姻是一道选择题，如果自己是一个好女人，找了一个好男人，那么这道题绝对能得一百分。林徽因可谓得了一百分，因为她全部选对了。

梁思成是个非常杰出的男子。黄延复在《有政治头脑的艺术家》中写道：他进入清华学校后便是校园里异常活跃的少年。喜爱绘画，任《清华年报》美术编辑；喜爱音乐，当管弦乐队队长，吹第一小号；喜爱体育，获得过校体育运动会跳高冠军。他的外语也好，翻译了王尔德作品《挚友》，发表于《晨报副镌》；还与人合作译了一本威尔司的《世界史纲》，由商务印书馆出版。出乎意料，这么活跃的大学生，留给同学们的强烈印象竟是“具有冷静而敏捷的政治头脑”，五四运动爆发，“他是清华学生中的小领袖之一，是‘爱国十人团’和‘义勇军’中的中坚分子”。

1944年，美军要求提供沦陷区需要保护的文物清单和地图，以免盟军轰炸时误炸，梁思成呕心坜血完成了那份材料，他当时任中国战区文物保护委员会副主任。但梁思成有个让人感到吃惊的建议，就是他希望日本的京都和奈良也不要被轰炸。

恨透了日本人的梁思成甚至立誓不与日本人交往，他也曾这样骂日本：“多行不义必自毙，总有一天我会看到日本被炸沉的！”那么做出这个建议，显然是个意外。

梁思成的解释是：“要是从我个人感情出发，我是恨不得炸沉日本的。但建筑绝不是某一民族的，而是全人类文明的结晶。”

从中可以看出梁思成内心的善良，他有着莫大的人文关怀，又有着清晰的是非判断标准，他的胸怀是宽广的，甚至超越了民族情怀。在当时的中国，对人类文明有着如此见地的人确实不多。林徽因选择的男人很优秀，他是一个心怀能容下大海的男子。

另外，林徽因选择梁思成，符合“门当户对”的原则，当然也承载着双方父母的美好祝愿与寄托，再者，如梁再冰所说，父亲是个寡言寡语的人，而母亲确实能说会道，二者的性格正好互补，也为后来的婚姻打下了基础。沉稳老实的梁思成，是居家过日子型的，更靠得住。

林梁的结合是众望所归，连同他们一道就读的同学也祝福他们：“思成能赢得她的芳心，连我们这些同学都为之自豪，要知道她的慕求者之多犹如过江之鲫，竞争可谓激烈异常。”

如果有一个人选，你本身喜欢他，你的父母、对方的父母还有你们共同的朋友都希望你们在一起，你会作何选择呢？

不管怎样，林徽因的智慧选择，助她度过了堪称完美的一生，虽然有些短暂，至少她的婚姻生活是幸福美满的。

“男怕入错行，女怕嫁错郎”。人生就是一场盛大的赌局，婚姻更是一场不小的博弈，对于一个女人来说，没有什么事比选错自己的伴侣更加可怕了。的确，每个女人都希望自己能有一个好的伴侣，也都希望这个伴侣可以陪伴自己终生。然而，很多女人在婚后却发现，自己当初的选择和决定其实是错误的。诚然，这种事不能完全把责任推给男人，因为他毕竟没有逼迫女人和他结婚，只不过是因为女人没有足够的判断力。正因为如此，很多女人在发现问题以后，要么选择沉默忍受，要么选择反抗、离婚。

女人不一定非得嫁一个优秀的成功男人，但要成为一个幸福的女人，一定要嫁那个最适合自己的男人。然而现在这个社会，离婚就如同吃饭、上厕所般司空见惯，世间多少女子几度在围城内外苦闷、徘徊、彷徨、冲杀……皆缘于终生寻寻觅觅也未觅得天下最适合自己的那个男人。

对“真命天子”的选择，我们都要有林徽因一样的聪明和冷静，舍弃那些不靠谱的浪漫，选择各方面都堪称优秀的男子，或者至少是个成熟稳重又有宽广胸怀的男子。其实选择没有对错之分，只是“种瓜得瓜，种豆得豆”，对我们造成影响的总是选择后的结果。我们所做的选择决定了我们日后生活的幸福与否。

不少女子徘徊在“到底是选择自己喜欢的，还是喜欢自己的人”这样二选一的问题间，双方相互喜欢自然很好，但仅凭喜欢就能过上幸福的生活吗？答案或许是否定的。

可能的情况是，林徽因更爱徐志摩，但却选择了梁思成，她一定是喜欢梁思成的，抛开喜欢不说，梁思成踏实稳重，能包容她，最后也成就了她。我们选择的不仅仅是爱人，还选择了一种生活方式和幸福指数。爱固然需要有，但肯定还有更多的内容，值不值得、应不应该去爱好像也是很重要的，有时候值不值得去爱可能比喜欢不喜欢更重要一些，毕竟爱是可以在生活中慢慢培养的。

还有不少女子在面包与爱情之间无法抉择。很多女人选择了面包，如此你可能获得了物质，但一定会失去更多的精神和享受权，起码取得财务支配权你是没自信的，因为钱是人家挣的。选择权贵男人后，你也可能会面临更多的压力，他分配给你的时间不知道会有多少，他和有钱的男人一样，对于你，新鲜期过后，可能陪你的时间会越来越少。物质确实重要，但嫁给适合你的男人无疑是一个不错的选择，起码每天在一起是快乐的。

总之，幸福是一个选择的过程，所得必有所失，关键在于在你的心中什么最为重要，做到二者之间的平衡，相信自己的选择，并为此自豪，这样，你就具备了通往幸福的前提条件。

把浪漫融入世俗里

一个女人，如果仅仅能够经得起浪漫，那可能是个贵妇，如果在经得起浪漫的同时又能过世俗的日子，那至少是一个经得起繁华，过得惯平凡的从容女子。

虽然被世人炒得光鲜亮丽，但林徽因毕竟也是尘世中的女子，没有生活在书画中，再美再有才华也要嫁作他人妇，也是要居家过日子的。她与徐志摩有过一段浪漫的情感，但她在婚姻上却选择了梁思成，甘愿过世俗一些的平淡生活，她将浪漫融入平凡的柴米油盐之中。

浪漫适可而止，我们终将回归现实。正如她曾经给沈从文写信说："我是女人，当然立刻变成纯净的糟糠。"

所以，林徽因虽然生活在风花雪月之中，却不是个风花雪月般的女人，她将更多的热情奉献给了她的家庭和她所钟爱的学术和艺术事业。她虽向往浪漫，却并不钟情于浪漫，她对现实的考量永远大于对浪漫的考量，她对居家的考量永远多于对"横溢的情感"的考量。

1932年8月，林徽因生下一个儿子，家里添了人口，家务明显地多了起来，她第一次为家务而苦恼。

她要照顾年迈的母亲，3岁大的女儿，新生的儿子，监管六七个佣人的工作，还要招待经常上门聚会的朋友们，总之，这个家大大小小的事务都需要她去过问，这些事情牵扯住了她大部分的精力，但她不得不接受，并开始慢慢地去适应这一切。

1936年5月7日，林徽因在写给美国友人的信中如此袒露心扉：“每当我做些家务活儿时，我总觉得太可惜了，觉得我是在冷落了一些素昧平生但更有意思、更为重要的人们。于是，我赶快干完手边的活儿，以便去同他们‘谈心’。倘若家务活儿老干不完，并且一桩桩地不断添新的，我就会烦躁起来。所以我一向搞不好家务，因为我的心总有一半在旁处，并且一路上在诅咒我干着的活儿——然而我又很喜欢干这种家务，有时还干得格外出色。”

费慰梅在回忆录《梁思成和林徽因——一对探索中国建筑的伴侣》中说：“当时，徽因正在经历着她可能是生平第一次操持家务的苦难。并不是她没有仆人，而是她的家人包括小女儿、新生的儿子，以及可能是最麻烦的，一个感情上完全依附于她的、头脑同她的双脚一样被裹得紧紧的妈妈。中国的传统要求她照顾她的妈妈、丈夫和孩子们，监管六七个仆人，还得看清楚外边来承办伙食的人和器物，总之，她是被要求担任法律上家庭经理的角色。这些责任要消耗掉她在家里的大部分时间和精力。”

显然，各种家庭事务消耗了她大量的时间与精力，“她是被要求担任法律上家庭经理的角色”，因为身份角色的转变，她不得不面对诸多的家庭事务。

当一切问题如潮水般向林徽因涌来时，她没有逃避，也没有被折腾得焦头烂额，她理得清哪是重点，哪是急迫需要解决的问题。

无疑，她是一个有责任心的女人，她把喜好和工作暂时放在一边，专心去处理家里的事情。

虽然林徽因专注于事业，不喜欢别人拿家务活干扰她，浪费有限的时间。可是不喜欢归不喜欢，真做起来也漂亮得无可挑剔。

林徽因在梁家是长嫂，在娘家又是大姐，住在北平的她，家里难免有亲戚来走动，如何安排好客人的吃喝拉撒睡，如何协调好家族成员之间的关系，处理好各种琐事，并不是容易的事情，没两把刷子恐怕是拿不下来的。

据说，林徽因曾经画过一张床铺图，共安排了17张床铺，而且每张床铺谁要来睡都有明确的安排。于百忙之中，能够做到如此细致，一般女子怕是做不到的。

其实，婚姻生活里的浪漫，并不一定全是风花雪月，也不全是烛光晚餐、鲜花玫瑰，而在于生活中的一点一滴，琐碎小事。我们不必奢求太多，因为浪漫本身是简单的。

我们可以像林徽因那样，把浪漫融入世俗里，没有全然的浪漫，也没有绝对的世俗。不用太刻意，只需要一颗细腻而柔和的内心，只需要心中充满爱，只需要全身心地投入生活里，用心体验生活的细节与方方面面。

在现实的环境里需要活得真实，我们需要早一天理解和适应现实环境，在做出决定之前，先要问问“这样做能不能让我幸福”。

这个时候，我们要放弃女人的天真和无邪，学会过日子，勤勤恳恳，工作与家务，里外操劳，我们要放弃少女时代的细腻温婉，为自己的生活注入一些沧桑。但不论怎样，我们在心底的浪漫犹存，尽管我们身上多了一股喷再多的香水也无法掩盖的油烟味，尽管我们的身材比不得从前，尽管我们的嗓音没有以前好听，但仍然活得淡定从容。

对亲密的人多一点宽容

有人说过这样一句话："无论男女，应该先学会吵架，再结婚生孩子、过日子。不要认为你有多么了解你的爱人，因为勺子早晚是要和锅沿磕碰的。"事实的确如此，夫妻毕竟是两个人、两种性格的组合。要知道，任何时候的两强对抗都会破坏固有的平衡，激发矛盾。

梁思成、林徽因的婚姻生活很有情趣，除了专注于事业。闲暇时，夫妇俩比记忆，互相考测，哪座雕塑原处何处石窟，哪行诗句出自谁的诗集，那甜美的家庭文化氛围，就好像李清照、赵明诚重返人间。

其实梁思成与林徽因夫妇二人也跟平常的夫妻一样，也会有一些小吵小闹，林徽因心直口快，好使性子。好在梁思成善于隐忍，被亲戚称作"烟囱"，但是烟囱偶尔也会堵塞。两人都好面子，如果碰到佣人在旁边，就改用英语交锋。

在他们新婚之时，梁启超曾经写信嘱托："你们俩从前都有小孩子脾气，爱吵嘴，现在完全成人了，希望全变成大人样子，处处互相体贴，造成终身和睦安乐的基础。"这是一番慈爱之心，也是出于对儿子、儿媳秉性的了解。

钱钟书在小说《猫》里有一段情节，说女主人的丈夫在妻子男朋友们的“提醒下”，与一个姿色普通、言行拘谨的女学生乘火车出行，疑似婚外情。有人说这里影射的是梁思成。

事实上，林徽因、梁思成夫妻的确发生过一次激烈争吵，事后梁思成乘火车去上海出差。林徽因痛哭了24个小时，中间只睡了三四个小时。而梁思成在火车上连发了两封电报和一封信，两人重归于好。

当时沈从文恰恰正高调爱慕高青子，跟张兆和闹得很不愉快，写信向林徽因诉苦、讨教。刚刚痛哭了二十四个小时的林徽因，说起来特别有感触，“在夫妇之间为着相爱纠纷自然痛苦，不过那种痛苦也是夹着极端丰富的幸福在内的”，她认为夫妻争吵，是因为彼此在乎，“冷漠不关心的夫妇结合才是真正的悲剧”。事实也是如此，有争吵的爱才是真的爱，而两个人如果没感觉了，自然不会争吵。

显然，林徽因把握住了夫妻间争吵的“度”，没让其任意泛滥成灾、一发不可收拾。当然，争吵中必须有一个率先做出妥协。

争吵的确是痛苦的，梁思成曾给大姐梁思顺写过信，倾诉争吵后的痛苦：“今年思成和徽因已在佛家的地狱里待了好几个月。他们要闯过刀山剑林，这种人间地狱比真正地狱里的十三拷问室还要可怕。但是如果能改过自新，惩罚之后便是天堂……其实我们大家都是在不断再生的循环之中。我们谁也不知道自己一生中要经过几次天堂和几次地狱。”真是一念天堂，一念地狱，不过话又说回来，哪对夫妻没争吵过呢？

在日常生活中，夫妻间争吵是再正常不过的事情了，很多夫妻就是这么争争吵吵地过了一辈子的，争吵已然成了他们生活中不可或缺的一部分。

爱尔兰著名女作家伏尼契在《牛虻》中说：“争吵是生活中的盐。”如果生活中少了这“盐”，可能会变得索然寡味。但争吵归争吵，若是一味地吵下去恐怕也不好，所以还是要把握好争吵的度，见好就收，这样才不会对生活造成太大的影响。

那么，怎样才能把握好夫妻争吵的“度”呢？

首先，包容。家庭生活是一门讲究包容的艺术。一对陌生男女，经过相识交往后，在一个屋檐下开始共同生活，那么两个人的生活方式、饮食起居、消费习惯等总会有差异，因而夫妻双方难免会有磕磕绊绊，就会发生争执。一旦发生争执，必须有人妥协，不妥协只会使争执升级，导致两败俱伤。所以，幸福家庭中的夫妻一定都是妥协高手。

其次，谦让。夫妻吵架，不管谁赢都达不到解决问题的目的。吵架的结果应该是达成一致的看法，通常这个看法会兼顾双方的意见。夫妻吵架往往是各讲各的理，根本听不进对方的话。记住，一旦你选择了他（她），那他（她）对你来说就是最优秀的。多想一些好的办法停止争吵，比如，你可以说：“亲爱的，我们和好吧。”

最后，示弱。在年轻夫妻中，任性、好胜、以自我为中心者不在少数。小两口闹意见、生闷气、谁也不理谁的情况很普遍。其中，又多是性格内向的一方首先进入无言的状态。男女相比，后者比前者更爱耍小脾气，使小性子。当夫妻间的争吵转为斗嘴后，为了避免事态恶化，一方必须主动示弱。

再有默契的夫妻也会有意见分歧的时候，甚至一点小事都可能成为引发争执的导火索。夫妻之间，多一点宽容之心，多一点儿忍让，你会发现，其实根本就没什么值得争吵的事！正如亦舒所说:“人们日常所犯最大的错误，是对陌生人太客气，而对亲密的人太苛刻，把这个坏习惯改过来，天下太平。”

婚姻需保鲜，自带保鲜膜

幸福的夫妻不是互相对视，而是两人同视一个方向，有共同的事业和爱好，共同的朋友，共同的话题，共同的生活习惯，这些都是一股股清新的风，让夫妻二人始终呼吸到新鲜的空气。

梁思成后来说："我第一次去拜访林徽因时，她刚从英国回来，在交谈中，她谈到以后要学建筑。我当时连建筑是什么还不知道，林徽因告诉我，那是艺术和工程技术为一体的一门学科。因为我喜爱绘画，所以我也选择了建筑这个专业。"

林徽因在面临诸多诱惑的情况下，能够与梁思成度过一生的幸福时光，很大程度上得益于他们共同的事业，他们除了用深情的目光相互送情外，更多时候，是在注视同一个方向。所以，在他们结婚20周年家庭聚会时，林徽因的一个压轴节目是做了一个关于宋代都城的建筑学术报告，这放在一般人身上绝对是不可思议的。

林徽因把梁思成推上了一条轨道，他们俩沿着相同的方向共同航行。他们一起出国，一起进入宾夕法尼亚大学。由于该大学建筑系里不收女生，于是林徽因选了与建筑有很大关联的美术系，而梁思成念了建筑系。这样一来梁思成学了建筑也相当于她也学了，她也可以相对自由地去旁听建筑学方面的课程，自己又学了美术，真的是一举多得。

在美国的求学过程中，林徽因意外断了经济后援，于是不想继续学习了，打算马上回国，自谋生路。梁启超说："徽因留学总要以和你同时归国为度。学费不成问题，只算我多一个女儿在外留学便了。"几天后梁启超就着手兑现，致信问梁思成："林徽因留学费用还能支撑多少时间，立刻回告，以便筹款及时寄到。"当时，梁家的经济也很困难，梁启超准备动用股票利息解难，甚至说了这样的话："只好对付一天是一天，明年再说明年的。"由此可见，梁启超早已把林徽因提前纳为家庭的一员，对徽因多了一份舐犊之情。在给海外子女的信中他牵挂着孩子们："思成、徽因性情皆近狷急，我生怕他们受此刺激后，于身体上精神上皆生不良的影响。他们总要努力震慑自己，免令老人担心才好。"

很多女人的感情、生活、工作和男人是两条永不相交的平行线，各有各的圈子，各有各的行为路径，太多的时候两个人不是同视一个方向，久而久之，感情难免会平淡化。

真正的爱情不是四目相对，而是两个人同视一个方向。如果爱不是建立在共同的追求和价值观的基础上，将来就会很容易出现矛盾。

聪明的女子都会选择与自己价值观相似的男人为配偶，在彼此价值观相似的情况下，才可能长期进行密切交往和深层沟通，共同向着相同的目标行进，彼此相互配合，使双方产生越来越多的安全感和满足感。共同的目标感、思维习惯和相似的作为，都是感情和谐度提升的加速器。

与我们有相似的家庭出身和文化背景的男人，在交往过程中易于接受我们的价值观，更容易和我们达成共识。

心理学家兼心理治疗师帕特里克·埃斯特拉德说：“对很多夫妻来说，最初的激情过后，在真正的夫妻关系开始时，他们才发现双方在本质问题上不能相容。”而双方不能相容的重要原因之一，就是双方没有相同的价值观。埃斯特拉德认为：“价值观由每个人的伦理决定，它是我们对待生活的方式，是我们选择的契约原则，支持我们在日常生活中取得进步。如果价值观迥然相反，相互在很多重大问题上不能达成一致，对方说的话、做的事甚至引起另一方的反感，这种婚姻的寿命不可能太长。”

我们不妨试着进入男人的圈子或者试着经营相同的事业，这样不仅每天生活在一起，就连工作也是在一起的。我们在生活上相互体贴和照顾，在事业中也能像林徽因和梁思成一样，相互交流自己的思想和智慧，并从中升华我们的爱情。

当然，我们不一定像林徽因那样对丈夫有着强大的影响力，但为了避免价值观的冲突，保证双方有共同的追求和价值观，就要多花一点时间去和对方沟通。诚如心理学家埃斯特拉德所说：“只要彼此相爱，就没有什么不可逾越的障碍。如果双方决定共同生活，并让两个不同的内心世界和平相处，他们就会真心实意地接受彼此的差异。”

坦诚相对，一切都会变得简单

林洙在她的书中这样写道：“我曾经问起过梁公，金岳霖为林徽因终身不娶的事。梁公笑了笑说：‘我们住在总布胡同的时间，老金就住在我们家后院，但另有旁门出入。可能是在1931年，我从宝坻调查回来，徽因见到我哭丧着脸说，她苦恼极了，因为她同时爱上了两个人，不知怎么办才好。她和我谈话时一点不像妻子对丈夫谈话，却像个小妹妹在请哥哥拿主意。听到这事我半天说不出话，一种无法形容的痛苦紧紧地抓住了我，我感到血液也凝固了，连呼吸都困难。但我感谢徽因，她没有把我当一个傻丈夫，她对我是坦白和信任的。’”

“我想了一夜该怎么办？我问自己，徽因到底和我幸福还是和老金一起幸福？我把自己、老金和徽因三个人反复放在天平上衡量。我觉得尽管自己在文学艺术各方面有一定的修养，但我缺少老金那哲学家的头脑，我认为自己不如老金，于是第二天，我把想了一夜的结论告诉徽因。我说她是自由的，如果她选择了老金，祝愿他们永远幸福。我们都哭了。”梁思成也是经过了复杂而痛苦的思想斗争才告诉林徽因这个结果，他对林徽因的这种坦诚显然没有足够的思想准备。林徽因后来把梁思成的意思转告给了金岳霖，老金的回答是：“看来思成是真正爱你的，我不能去伤害一个真正爱你的人。我应该退出。”

林洙说：“从那次谈话以后，梁思成再没有和徽因谈过这件事。因为他知道老金是个说到做到的人。徽因也是个诚实的人。后来，事实也证明了这一点，他们三个人始终是好朋友。他自己在工作上遇到的难题也常去请教老金，甚至连他和徽因吵架也常要老金来仲裁，因为他总是那么理性，把他们因为情绪激动而搞糊涂的问题分析得一清二楚。”

林徽因把这种坦荡做到了极致，遇到感情困扰时，她居然毫不忌讳地向自己的丈夫敞开心扉，诉说心中的痛苦，这已然是天大的坦诚。当然，林徽因的坦诚换来了梁思成诚心的回应，他把自由抉择的权利交给了林徽因自己，当然，林徽因并没有被这份权利宠坏，而是从中看到了丈夫对自己的真心与爱，从而更加珍惜夫妻之间的情分。另一方面，第三个人金岳霖也坦诚地选择了退出。有了坦诚，原本复杂的事情变得简单了，三个人消除了误解，从此毫无芥蒂，成了好朋友。

事实上，面对两个优秀的男人，林徽因真的无从选择吗？她是个“爱我现在的家在一切之上”的人，以她的智慧，她不可能解决不了感情的选择问题，只是她坦诚地讲出来之后，就取得了与金岳霖以朋友的身份光明正大相处的“豁免权”，再也不会为感情而纠结，可能这也是使她与梁思成、金岳霖“和平共处”几十年的一个原因。

坦诚是对对方的尊重，同时也是对自我的尊重。我们或许会困惑于一些问题，比如过去的经历该不该告诉对方？现在的疑惑要不要让对方知道？我们为什么想把事情讲出来？是为了自己、为了对方还是为了大家？但不管怎样，坦诚都是一种信任的建立，如果不让事情变得复杂就坦诚讲出来，闷在心里的话，我们可能会自责内疚，不能面对自己，也不敢面对他人和新的生活。

其实，夫妻之间要想避免误会和矛盾，最重要的是坦诚相待，需要的是沟通理解。如夫妻之间有了分歧和矛盾，就应该想办法进行交流、沟通，尽量将事情消灭在萌芽状态，及时采取防微杜渐的措施，这无疑是聪明的做法。

假如夫妻彼此因为某些小事心照不宣，在相互猜疑中生活一辈子，那将是非常压抑和痛苦的事情。有人在生活中平时不注意点滴，忽然有一天矛盾莫名其妙地发生了，搞得自己不知所措。其实很多东西是你不够细心忽视了，而这些东西天长日久慢慢积累，才导致发生了矛盾。

面对伴侣，用不着过多的担心，相信只要把话说清楚，讲出自己的做事的道理，最终应该是可以得到理解的。不要怕这怕那，不要顾虑重重，事情重在沟通。夫妻是要朝夕相处的，许多事情是不可以隐瞒过去的，我们应该明白，总有一天事情会暴露出来，或者被对方戳穿那样会更糟糕。与其被对方戳穿，闹得双方不快，倒不如自己告知，求得理解和宽容。

一个坦诚的女人才能真正享受到美好的婚姻生活。坦诚相对，我们就能卸下自己心里所有的重压和负担，从而给我们的爱人一个更加轻松、愉快、自然的自己。女人们，坦诚一些吧，能够真实地活着，本来就是一种幸福，因为遮掩真实是痛苦的，而真实能让别人更清楚地看到我们自己。我们所有的悲欢离合、喜怒哀乐，在别人那里都一览无余，我们对别人是真正的信任，对自己也是真正的信任。唯有真实才真正属于自己，唯有真实才能换来别人的信任，也唯有真实的自己才让人喜欢。

经得起繁华，归得起平淡

梁从诫说：“我的外祖父林长民出身仕宦之家，几个姊妹也都能诗文，善书法。外祖父曾留学日本，英文也很好，在当时也是一位新派人物。”可见，林徽因有着不凡的家庭背景，出身于官僚知识分子家庭的林徽因，所嫁之人也是名流之子，可以说，她先天的资本足以让她傲立与这个尘世中。然而，这个从繁华中走出来的女子，并没有将这些繁荣富贵看在眼中，而是不断地充实自己，成为一个让人钦羡的林徽因，而不是一个足不出户的大家闺秀，或者是豪门媳妇。

20岁的林徽因就以才貌双全闻名于当时的北京上层文化圈，仅仅用业余时间便创作出了极具专业水准的文学作品，在京派作家圈中拥有不可替代的一席之地。在1924年4月23日泰戈尔访华之际，当时的上流社会惊叹她是“人艳如花”。

不仅如此，她一个小小女子，竟是中华人民共和国国徽和人民英雄纪念碑的主要设计者之一，她把自己置身于男性主流社会中，并获得了至高的殊荣与赞叹。她在24岁被聘为东北大学建筑学教授，在45岁时被清华大学聘为一级教授，在自己的专业上取得了卓越的成就。

这是一个集万千繁华于一身的奇女子。她在自己的文化沙龙里也是出尽了风头的，她似乎是为繁华而生，又为繁华而存在的，总是一个群体的中心人物。像她这样的“万人迷”，大概不能承受过于平淡的生活，但她确实能够在繁华落尽之后，平淡如水地过着自己的小日子。

抗日战争爆发后，在避难期间，林徽因和梁思成住在一个只有几十户人家的小村子，所租住的农舍极为简陋，不仅蛇虫鼠蚁经常光顾，下雨的时候更是难过，外面下大雨，屋子里就下小雨，甚至连吃水用水都要到村外的水塘去挑。据说林徽因在这暂居的时候，第一样买回的东西是一口近一米高的陶制大水缸，用来储存挑进屋里的日常用水。他们在一只三条腿的火盆上支一口锅，在锅里做饭。用煤灰和泥做成的煤球就是他们做饭的燃料。他们必须天天外出买食物，因为住所没有任何冷藏设备，走的是土路，天气干燥的时候，路上尘土飞扬，下雨天则满是泥泞。

村子里也是没有通电的，到了晚上，只能靠菜油灯照明。那个地方，没有布，更没有电话，没有交通工具。这位名门闺秀，从富贵堆里生活过的留洋才女，在那一段时间里，她柔弱的肩膀忽然变得坚硬起来，似乎在一瞬之间变成了一个男人，甚至爬上房顶修葺他们的住所，她俨然成为一个地地道道、为生计奔波的农村妇人。

李健吾曾在《林徽因》一文中说：“我最初听到他们的信息，是有人看见林徽因在昆明的街头提了瓶子打油买醋。”然而相比那个时候，在昆明的日子已经好了很多。

由于梁思成车祸受伤的后遗症不时发作，是不能干体力活儿的，于是操持家务的重担就落到了林徽因身上。

这样的生活何止是平淡，简直是困苦交加，时刻都在考验着她的忍耐极限。

林徽因在诗《微光》中记录下了那段平凡：

街上没有光，没有灯，
店廊上一角挂着有一盏；
他和她把他们一家的运命含糊地，全数交给这黯淡。
街上没有光，没有灯，
店窗上，斜角，照着有半盏。
合家大小朴实的脑袋，
并排儿，熟睡在土炕上。
外边有雪夜；有泥泞；
砂锅里有不够明日的米粮；
小屋，静守住这微光，
缺乏着生活上需要的各样。
缺的是把干柴，是杯水；麦面……
为这吃的喝的，本说不到信仰，
生活已然，固定的，单靠气力，
在肩臂上边，来支持那生的胆量。
明天，又明天，又明天。
一切都限定了，谁还说有希望，
即使是做梦，在梦里，闪着，
仍旧是这一粒孤勇的光亮？

街角里有盏灯，有点光，

挂在店廊；照在窗槛；

他和她，把他们一家的运命明白的，全数交给这凄惨。

她自己形容自己说：“我是女人，理所当然变成一个纯净的‘糟糠’典型，一起床就洒扫、擦地、烹调、洗衣、铺床，每日如在走马灯中过去。然后就跟见了鬼似的，在困难的三餐中间根本没有时间感知任何事物，最后我浑身疼痛着呻吟着上床，我奇怪自己干吗还活着。这就是一切。”

梁思成回忆说：“在菜油灯下，做着孩子的布鞋，购买和烹调便宜的粗粮，我们过着我们父辈在他们十几岁时过的生活但又做着现代的工作。”

金岳霖曾这样概括那段时期的林徽因：“她仍旧很忙，只是在这种闹哄哄的日子里更忙了。实际上她真是没有什么时间可以浪费，以致她有浪费掉生命的危险。”

很难想象，这是曾经的林徽因，她习惯了“天堂”式的生活，在“地狱”式的日子中也并没有倒下，而是坚持着走下来，一坚持就是整整6年。

而且，并不仅仅是平淡，还有危险。林徽因在给费慰梅夫妇的信中写道：“日本鬼子的轰炸或歼击机的扫射都像是一阵暴雨。你只能咬紧牙关挺过去，在头顶还是在远处都一样，有一种让人呕吐的感觉，尤其焉当一个人还没有吃过东西，而且今天很久都不会再吃任何东西，就是那种感觉。”

她已经承受住了这样的极限，能“咬紧牙关挺过去”。

但她并不是全然将自己埋没于这些平淡中，她还要振作起来，不能让平淡吞噬了一切。

她总是把两间简陋的房子收拾得干干净净，她也经常会在窗台上的玻璃瓶里插上从田野里采来的鲜花，她与当地的百姓相处得极为和谐，他们总是愿意靠近她，并向她讲述他们的故事、分享他们的快乐，甚至时不时把他们所拥有的“稀缺物品”赠送给她。这样一来，看上去平淡得几乎让人窒息的生活又恢复了生机，为她那段人生增色不少。

是的，人生聚散无常，起落不定，或许今天繁华万千，明天平淡就会降临，如果只经得起繁华，却归不起平淡，那恐怕意味着将会有无尽的痛苦与挣扎来到你身边。

在这个令人眼花缭乱的社会，我们很容易陷入迷茫，甚至在亦步亦趋的模仿中迷失自己，而事实上，越是在繁华的环境里，我们越要保持自己的本色，保持独立的自我。

其实所有的繁华到头来也终究是过往烟云，总有一些繁华舞池里的人，注定只是过客，无论舍得或是舍不得，那些曾经给我们掌声或者鲜花的身影都会渐行渐远。我们经得起繁华，待烟花散去，就不要再执着于“镁光灯”下的精彩，否则我们是断然过不了平淡的日子的。

毕竟繁华的生活在我们的一生中还是不多的，更多的是平静安宁的生活，平平淡淡才是真。当繁华来了，我们不拒绝，好好享受，但要做到宠辱不惊。不迷恋繁华，当繁华落尽时，我们才能全身而退。把对繁华的渴求隐藏在心底，让一切慢慢沉淀在记忆里，因为我们永远清楚，平淡的生活才是常态，也只有在平淡中我们才能体会到生活中的美丽，也才能领略到繁华的精彩。

做一个“经得起繁华，归得起平淡”的女人，始终有颗平淡而细腻的心，才能在平平淡淡的日子里享受一分宁静的美丽。我们要明白，平淡永远是生活的真味，所以我们当知足，返璞归真，享受平淡的生活，因为快乐也正是来自心灵的宁静与充实，来源于繁华过后的平淡。

张幼仪：人生从来靠自己成全

在徐志摩一生的三个女人中，张幼仪是最平凡的一个，没有倾国倾城的姿色，没有摄人心魄的魅力，没有张扬横溢的才华，但却是实实在在地活在现实生活中的女人，她诠释了中国女性灵魂中最宝贵的精神，坚强、隐忍、淡然。她的一生是被父母兄弟丈夫甚至是情敌共同铸就的悲欢离合，但也正是这些人的存在，才让她没有湮没在茫茫人海中，也让我们可以在历史的雪泥鸿爪中找到她的芳踪。

Part 5

爱与伤害从来都是相伴而生，生活需要一颗坚强的心

——无论生活把你带到哪儿，都以最美的姿态活着

当年她若嫁的是懂她、惜她的凡夫，也许她就平顺庸碌地过完一生，然而她嫁的是不懂她、不爱她的浪荡才子，如若没有徐志摩的冷落、轻视与激发，如果没有几年欧洲困顿的磨炼，哪有后来坚强、勇敢，获得极大成就的她。

任何时候都不要把自己全盘交出去

想必世人知道张幼仪都是从徐志摩开始，知道她是徐志摩的第一任太太。当人们都在为徐志摩的浪漫、热诚、痴心和执着着“摩”时，回看当年，我们也不得不承认，他对张幼仪是无情而残酷的。

由于是包办婚姻，从婚前到婚后，徐志摩是那样鄙弃张幼仪。第一次见到张幼仪的照片时，便撇着嘴说：“乡下土包子！”语气里充满嫌弃和鄙夷。婚后徐志摩更从没有正看张幼仪一眼。除了履行最基本的婚姻义务之外，对她不理不睬。就连履行婚姻义务这种事，他也只是遵从父母愿望，传宗接代罢了。

曾在一本书上，看到关于张幼仪和徐志摩的那段如烟往事，其中说到，张幼仪和徐志摩的婚姻，就像是贾宝玉与薛宝钗的那段“金玉良缘”。无论宝钗怎样温婉得体，讨得众人欢心，而宝玉的心里，只装着林妹妹，永远不爱薛宝钗。

张幼仪给徐志摩生了孩子，被弃的遭遇依然没有改变。徐志摩就是不喜欢她，无论她怎么努力。张幼仪在自传中如此说道：“我当时想，如果徐志摩不愿意和我一起生活，而我却要试着不和他分开，那又有什么意义呢？除了同意离婚，我能怎么办？”

于是，面对徐志摩递过来的离婚文件，她平静地签了字，她说，我同意在文件上签字的唯一理由是：我在法国就已经打定主意，不再只凭过去的价值观行事。我是未来新式女子的一员。平静的口气背后，是一咬牙将一切都扛在自己肩上的勇气。现在的说法，叫作接纳。

是的，她张幼仪，不是林徽因、陆小曼这些天生的新式女子，她没能与新时代一见钟情，两情相悦。她做了她所能做的，疑惑地观望，尝试着了解，握手言和，即使不能成为新时代的宠儿，也能以自己的努力，赢得它的敬意。

张爱玲说："生命是一袭华美的袍，爬满了蚤子。"多数人的爱情与婚姻也何尝不是爬满蚤子的袍，看似奢华，实则千疮百孔。大多数女人选择婚姻，都是为了遵循一种社会形态，而不是为了所谓的爱，这年头，太多的人因为结婚而结婚，造成这样的结果都是因为世俗的桎梏。

女人需要在世俗中生活，但不能被世俗所奴役。社会舆论对每个人都有或多或少的影响，但是我们不能被舆论所左右。有人千方百计迎合世俗，但是世俗却不一定就能给你最安稳的幸福。其实，每个人都应该成为生活的舞者，与其与世俗不停地纠结，还不如用这些时间来改变现状，因为在这个世界上，没有人会笑话一个强者，一个把握自己命运、努力改变现状的女人，即使不与世俗为伍，社会的舆论依然对她是尊敬的。

舒婷在《致橡树》中咏叹："我如果爱你，决绝不像攀援的凌霄花，借你的高枝炫耀自己……我必须是你近旁的一株木棉，作为树的形象和你站在一起。"比肩而立，各自以独立的姿态深情相对的橡树和木棉，热情而坦诚地歌唱了诗人的人格理想。这组形象的树立，不仅否定了老旧的“青藤缠树”“夫贵妻荣”式的以人身依附为根基的两性关系，同时也超越了牺牲自我、只注重于相互给予的互爱原则，这种超越出自向来处于仰视、攀附地位的女性更为难能可贵。

真正的爱情应该是彼此尊重，彼此独立和自由的，他们是帮助对方在独立和自由中得到更有生命力的成长。不是因为相互需要，而是因为相互支持才站在一起的。我们有我们自己的思想，有我们自己的骄傲，也是我们爱自己的表现，所以女人应该骄傲地活着，不是任何人的肋骨，我就是我，独一无二。

所以，任何时候都不能把自己的整个身心都交付给男人，也要留下几分给自己。保持自己的美丽，丰富自己的知识，给自己一个发展的空间，让自己也和爱的人一起成长，共同进步，携手创造明天，这样的爱才牢固，这样的感情才会经得起风吹雨打。

总之，无论哪个年代，女人的选择都不只有一种，努力去爱别人，不如提升自己，让自己变得更可爱，让更多的人来爱！毕竟，路总是走出来的，如果不走，永远不会知道前面有什么！离婚，只能说明一段生活结束了，还有更美好的生活在等着你。放过自己，是一个懂得爱的女人爱自己的方式。让自己幸福，是一个懂得生活的女人的做人信仰。

坏婚姻未尝不是所好学校

“不就是离婚吗，人生的必经之路。这世界没什么好的，就是人多，三条腿的蛤蟆不好找，两条腿的男人可多得是。恭喜我，我放弃了这棵大树，即将拥有整片森林了。”对待离婚，越来越多的女人已经从过去的一哭二闹三上吊，变成了如今的满不在乎，这不能不说是社会发展的一个进步。

尽管女人已经学会各种方式的自我安慰，但无可否认的是，离婚是痛苦的，对女人来说是一种巨大的伤害。不过，离婚虽然痛苦，但很多时候，离婚在带给人们痛苦的同时，却阴差阳错地成就了他们的成功。

古今中外，因为婚变而在事业上取得成就的人不胜枚举，张幼仪是最典型的例子。

张幼仪与朱安的遭遇有些类似，都是包办婚姻，都是嫁给当时有着新思想的文人。一个嫁的是一代文豪鲁迅，另一个嫁给著名诗人徐志摩。

他们对她们都不好，鲁迅一生都没有与朱安圆房，徐志摩与张幼仪夫妻生活，也只是为了让父母抱上孙子。

朱安说得最伤心的一句话是，她是鲁迅的遗物。跟了鲁迅一辈子，没有享受过正常女人该有的生活，孩子也没有。她只有一个名分。

相比朱安，张幼仪是不幸里的幸运者，离开了徐志摩，她活得更好，不再局限在那个囹圄里，也不再需要为了讨好徐志摩而做一些自己并不喜欢的事情!

张幼仪在自传中说:“中国人用‘沧海桑田’来形容千百年光阴的逐渐推移，我觉得我在法国乡下度过的那个秋天，正是经历了这种变化。刚搬到那里的时候，我还没有把握要不要离婚。可是，等我离开的时候，我已经决定同意徐志摩的离婚之议。我要追寻自己承继的特质，做个拥有自我的人。”

离婚后，张幼仪便独自带着孩子去了德国，在德国待了三年，省吃俭用，进入学校读书，学到了当幼稚园老师这一技之长。

事实证明，张幼仪远走欧洲是不幸中的大幸。作为一个名人的妻子，作为一个离婚的女人，她所忍受的舆论压力是常人无法想象的，直到张幼仪回国之后，还有人在议论她们离婚的事儿。如果不是在德国的历练，使她变成了一个自强自立的人，她恐怕无法承受大家对她的注意。正如她自己所说:“我一直把我的一生看成两个阶段:‘德国前’和‘德国后’。去德国前，我凡事都怕;去德国后，我无所畏惧。”

回到中国后，张幼仪开始四处谋职，后来在东吴大学教了一学期的德文;正考虑教第二学期的时候，上海女子商业储蓄银行诚恳地邀请张幼仪去她们银行做事，于是张幼仪抓住了这次机会，出任该银行的副总裁。打理银行期间，为了解更多的文献与名著，她特意请了个中文老师。每天学习一小时之后，她还要去南京东路上经营的服装行。

短短的几年时间，她解开了思想的裹脚布，成了一个有理想、有抱负、有事业、有思想的独立女人，她的优雅不亚于当时社会上任何一个名媛，更重要的是，她还学会了，用新式女子的态度，面对她的前夫，并赢得了徐志摩的尊重。

徐志摩在悼文《我的彼得》中这样评价张幼仪："就是你妈，彼得，她又何尝有一天接近过快乐与幸福，但她在她同样不幸的境遇中证明她的智断，她的忍耐，尤其是她的勇敢与胆量；所以至少她，我敢相信，可以懂得我话里意味的深浅，也只有她，我敢说，最有资格指证和诠释，在她有机会时，我的情感的真际。"

曾经的那个"乡下土包子"，终于在他的心中变成了一个有智断、会忍耐、有勇敢与胆量的女人。似乎，这结果应验了徐志摩向她提出离婚时说的那些话："真生命必自奋斗自求得来，真幸福亦必自奋斗自求得来，真恋爱亦必自奋斗自求得来！彼此前途无限……"这个曾经带给张幼仪无比痛苦的男人，也以一种不无残忍的方式解放了她。

张幼仪时常用班婕妤的《怨歌行》来比喻自己和那个时代的女子："我是秋天的一把扇子，只用来驱赶吸血的蚊子。当蚊子咬伤月亮的时候，主人将扇子撕碎了。"

包办婚姻产生了许多不幸的女子，她们大多凄苦一生。然而，张幼仪却能化悲愤为力量，勇敢地面对一切，用自己的双手为自己撑起了一片晴朗的天空。

人生在世，生为女人，在很多时候，我们确实会受到更多的侮辱与损害，但强有力的女人，一定有能力让自己活得更有尊严。

这种力量，有时还体现为一种态度，张幼仪在她的命运面前体现的那种沉静、坚毅，尤其是那种自强自立的姿态，是我见过的最好的态度，从她的角度，也许可以拟出另一句话：“勇敢的女人，永远比懦弱的女人美丽。”

卑微的尘埃里永远开不出花朵

香港著名作家李碧华曾经在一篇文章上写道：“失去男人并不是女人的末路。”她举的例子恰是与徐志摩有过纠葛的女人，第一位便是徐志摩的原配夫人张幼仪。

13岁，张幼仪与徐志摩定亲。这个结婚的对象，先是由时任浙江都督秘书的四哥张公权看中的，他在视察杭州一中察看学生作文时，看中了徐志摩的才华；张家找人向徐家提亲，而徐父也想找个靠山，二者一拍即合。可张幼仪年幼，只说“我要嫁给家中人为我相中的男人”。

之后，张幼仪、徐志摩结婚。张16岁，徐也只有19岁。秀外慧中、端庄贤淑的张幼仪一见一表人才的徐志摩，自然喜欢。但新婚不久徐即北上求学。那时只读过一年书的幼仪，与阅历不同、知识水平不同的徐志摩共同语言不多。

张幼仪长相不坏，也没有裹脚，还是大眼睛。她自幼读过书，可是在徐志摩面前，却变成什么都不懂的村姑。为此，张幼仪异常难过，因为徐志摩根本不给她对话的机会。他在她面前总是沉默不语，就连性生活也完全是为了传宗接代。

19岁，张幼仪生下第一个儿子徐积楷。不久之后，徐志摩便出国求学。

20岁，寂寞的张幼仪在二哥的建议下，去英国伦敦陪伴徐志摩。去国外，一为解寂寞之苦，二为缩小与徐的差距。

然而，徐志摩对她的到来却并不欢迎。张幼仪出国与丈夫团聚，世人都认为是徐志摩思念妻子，写了那封乞求父亲的信，其实事实并不是这样的，那封要求张幼仪去国外的信实际上是应张幼仪的二哥张君劢之请而写的。

分居数年，当时的情势，没有理由不让张幼仪出国。所以，张幼仪的出国不是徐志摩要她去的，而是婆家送她去的。而公婆所以送她去的理由，也只是提醒徐志摩对家里的责任而已。

她是不明白他为何一直冷着心。她为他生儿子，打理一家上下老小，哪样事做得能被人指责?

只要是他要求的，她什么都做。在沙士顿的日子，她努力学习英文，她一直想接近他理想中的样子。可最终她却成了一把秋天的扇子，被他无情地遗弃了。所有的努力都成为泡影。

徐志摩要马上离婚，见张幼仪不答应，竟一走了之，将张幼仪一人撇在沙士顿。产期临近，无奈之际，张幼仪只能给二哥张君劢写信求救。信寄出后，张回到家时天色已黑。她打开所有的电灯，一个人坐在屋子里，落泪了。这是徐志摩离开后，张幼仪第一次流泪。二哥的回信很快便到了，劝慰一番后，要求张幼仪前去巴黎。就这样，张来到巴黎，后来又去了柏林，生下孩子彼得。这期间徐志摩明明知道张的去向，却不予理睬。只在要办理离婚手续时，才找到柏林。

那是一段怎样难度的时日，怀着孩子，孤零零地独自在沙士顿，害怕凄惶，没人可以诉说。她甚至想干脆死了算，一头撞到阳台或是栽进池塘里结束自己的生命。

可张幼仪并没有在这些情爱伤悲中沉沦，她在用行动证明离婚并不可怕，比离婚更可怕的是做那把秋天的扇子，卑微得让别人当她不存在。

张幼仪在自传中如此说道：“人生真是很奇怪。我是个离了婚的女人，和丈夫离婚的原因是他认为我们两个不搭调；结果我们离婚后，相处得反而比离婚以前要好。徐志摩平时在北京讲授艺术和文学课程，可是要从上海过去，因为陆小曼比较喜欢住在上海。他在上海的时候，我差不多天天看到他。我们离婚以后才真正密切来往。他习惯到‘云裳’来看我。如果他要去旅行，就会找我定做衬衫或是长裤。有一次，我帮他做了条领带，他回来以后告诉我，他把领带搞丢了，结果我们又得再给他做一条。”

可以这样说，在与徐志摩的婚姻中，张幼仪一直都是卑微的，直到她们离婚之后，她们才真正平等起来，像朋友一样比肩而立，这不能不说是张幼仪漂亮的逆袭。

说出来女人们可能会不相信，男人不会因为你爱了他多久，为他付出了多少柔情，而更加爱你。他们爱你，只因为你身上的柔情美丽，所以聪明的女人一定要懂得体贴自己。要记住：尘埃里开出来的花，终将凋零在尘埃里。

其实，爱一个人没有错，为他付出，给他幸福和快乐也没有错。错就错在，爱到了极致，爱到了失去了原则甚至忘记了自己。爱情不是一个人的独角戏，需要两个人共同配合才能圆满。如果在爱情中总是一味地付出，忽略了应有的回报，那么不仅无法获得想要的幸福，还会让自己爱到满身伤痕。

所以，不要在爱情中把自己放到尘埃里。爱得很卑微，失去自我，最终只会换来体无完肤的爱情和一颗破碎的心。如果爱情是100分，那么女人至少要留50分给自己。

永远不要向不爱你的人要希望

张幼仪在自传中这样描述与徐志摩在国外的相逢场景：“三个星期后，轮船终于驶进马赛港的船码头。我在甲板上探着身，不耐烦地等着上岸，然后看到徐志摩站在东张西望的人群里。就在这时候，我的心凉了一大截。他穿着一件瘦长的黑色毛大衣，脖子上围了条白丝巾。虽然我从没看过他穿西装的样子，可是我晓得那是他。他的态度我一眼就看得出来，不会搞错，因为他是那堆接船的人当中唯一露出不想到那儿的表情的人。我们已经很久没在一起了，久到差点忘了他一向是那样正眼也不瞧我一下，将眼光直接掠过我，好像我不存在似的。”

两人在沙士顿住下，不久张幼仪怀孕，此时徐志摩正在疯追林徽因，无暇顾及，一听便说：“把孩子打掉。”

那年月打胎是危险的，张说：“我听说有人因为打胎死掉的耶。”

徐冷冰冰地说：“还有人因为坐火车死掉的呢，难道你看到人家不坐火车了吗？”

那时，徐志摩的心在林徽因的身上。徐志摩的这个决定，让张幼仪彻底绝望了，但她依然幻想着他能回头。

过后不久，徐志摩带一位中国女留学生来家中吃饭。张幼仪发现，这位穿着毛料海军裙装的小姐，竟是裹过脚的。送走客人，徐问张，对这位小姐有什么看法，张说：“她看起来很好，可是小脚与西装不搭调。”走来走去的徐志摩，把脚跟一转，好像张幼仪的评语把他的烦躁和挫折一股脑儿宣泄出来似的，突然尖叫说：“我就知道，所以我才想离婚。”

可见，离婚是徐志摩蓄谋已久的，他从一开始就不想要这段婚姻。面对不爱自己的丈夫，面对无爱的婚姻，张幼仪没有选择，只是默默地签完离婚协议，用新婚那天没能用得上的坦荡荡的目光正视着他说：“你去给自己找个更好的太太吧！”

签完离婚协议，徐志摩就想去看看他们的孩子彼得，他想知道张幼仪为什么把孩子留在医院，而此时的张幼仪却在心里这样想着：“这与你何干？”

的确，这又与他何干？从签完离婚文件的那一刻起，张幼仪便把自己和这个男人完全地脱离开来，她明白，自己今后无论过得怎样都与这个男人没有关系了。

张幼仪在自传中如此说：“我们去了医院，站在育婴房的窗口，看着躺在小床里的婴儿。我觉得很怪异，好像脱离了徐志摩，脱离了我们的孩子，甚至脱离了产后的疼痛。”

爱情的无奈在于一个人无法掌控整个局势，女人即使再爱他，他想转身离去，无论怎样也阻挡不住他离去的步伐。不管你多么不情愿，他的心真的不再属于你了。所以，女人一定要明白，两个人无论是分手还是离婚，最忌的就是拖泥带水，分开了，你们就不再有任何的瓜葛，他不再是你的谁，你也不再是他的谁，你们之间从此是泾渭分明，你对他也不要有任何期待，唯有如此，才能将自己的伤害降到最低。

但是，现实生活中很多女人偏偏喜欢剪不断理还乱，当男人提出离婚时，往往是拼命祈求，如果男人心意已决，被迫答应分手，也内心深处仍然对男人有所期待，期望男人有一天会回头。

其实，对于一个不爱你的男人，在委曲求全，想成功挽回的同时也悄悄地转让了自己的情感优势，出现下一次分手也没什么可稀奇的。遇到这种事，不要奢望有人会同情你，因为你做的事根本不值得同情。

在舞台上，好的演员不仅仅只会演一个角色，在生活中，女人也不仅仅只是某个人的爱人或者情人。当这个角色已经终止时，你就要记得，你已经没有任何的资格在这个角色上浓妆艳抹。倘若再上阵，你得到的不是掌声，而是羞辱。

爱情不可能守在废墟上还能美滋滋地过下去。所以，当一场爱情结束，也就是一场戏中男女主角的终结。我们需要整装待发，开始另一段和他无关的新剧情。一个睿智的女人懂得在平衡中取舍。该过去的，迟早会过去，该淡忘的，迟早会淡忘。对男人也好，对爱情也好，抱着无愧于心的坚持，你就可以走过那些苦难。因为真爱永远隐藏在伤害的后面，把伤害推开，真爱就会走进你的生命。

总之，对失去的人或事耿耿于怀，不如让自己在这流逝的时光里自我拯救，把自己好好收藏，妥善安放。在一切可能发生的日子里，让自己有所可依，面对旧情，我们需要拿得起，放得下。

笑着踏过那些悲伤的往事

灵性大师张德芬说：“有时候人生的礼物是炸弹，把我们炸成碎片，体无完肤。但是当我们浴火重生，把碎片都拼凑起来之后，会发现它是我们此生最大最美好的一个礼物。”

痛苦是成长中每个人的必修课，谁也不能逃开。痛定思痛，必然带来成长和蜕变。这就像是孩子的玩具坏了，只想着玩具被修复，不想去接受玩具损坏的事实。想要真正的离苦得乐，我们需要成长，愿意真心地去接纳生命中的种种不如意。痛苦来的时候，请不要怕，或许它能为你带来生命新的转机。

如果你能学会稳坐于痛苦之上，一定能开出智慧之花。

因为痛过，所以懂得……

张幼仪就是这样一个在伤痛中成长，并有勇气直面伤口的女性。她在自传中这样对侄孙女张邦梅说道：“你是知道的，我们张家人非常好面子。我们坚信中国一句名言：‘名节是个人第二生命。’意思是丢了自己的名誉和家里的名声，差不多和丢掉性命一样糟糕。我们年轻的时候，张家人失去了一切，可是从没跌过张家人的名声。这是最重要的一点。我们一家人团结一致，紧守着自尊和志气。看别人赢，会学到一些东西；看别人输，学到的更多。我们遭遇的不幸使我们坚强，帮助我们成为今日的我们。明白这点，你就可以明白自己的血脉了。”

“我们遭遇的不幸使我们坚强，帮助我们成为今日的我们”。说得真好，而张幼仪也用自己的一生印证了这一说法。一位哲人这样说：“未来的种子也深埋于过去的时光里，如果你不能正视自己的过去，很难让你的现在和未来开花结果，这可能会导致更多更大的不幸。”所以，无论过去发生什么事儿，女人都要有从头再来的勇气，把握现在所有的一切，把自己变得更好，让未来的自己配得上现在的自己所受的一切苦难和不幸。

就像张幼仪所说，她的一生有两个阶段：“德国前”和“德国后”。去德国前，她大概是什么都怕，怕离婚，怕做错事，怕得不到丈夫的爱，委曲求全，可每每都受到伤害；去德国后，她遭遇了人生的最沉重的怆痛，与丈夫离婚，爱子夭折，人生最晦暗时光，如一张大网，铺天盖地笼罩着她，一切都跌至谷底。伤痛让人清醒，此时她方才明白，别人的怜悯，搏不来美好的未来，人生任何事情，原来都要依靠自己。离婚丧子之痛，让她一夜之间长大，羞怯少女，转身成为铿锵玫瑰，就算风吹雨打，也无所畏惧。

懂木匠的人都会说：“树疤是最结实的木料。”原因是树受到伤害的部位，总是尽最大可能地汇聚养分以平复伤痛，所以总长得比别的地方粗壮、坚硬。

我们人呢，受伤之后，也会留下疤痕，理当像树一样让它长成最结实的部位。使自己在跌倒的地方积聚更多的力量，然后以更有力的姿态向着更高层次迈进！

其实，伤口并不可怕，可怕的是你纠结的心，迟迟不肯让它愈合。在你的内心深处，那些痛苦经历如影随形，让你仿佛看到自己的身体被划开一道长长的伤口，那些丑陋的伤口是你的耻辱，你只是感受到疼痛，只是感到绝望，却不曾想到，你的身体还有自动复合的能力，伤口总有愈合的时候，而且当它愈合之后，你的直觉将会告诉你，下一次该如何绕开同样的错误，避免产生同样的痛苦。

有时候让我们产生巨大改变的往往是这些挫折和伤痛，每个人都要努力修复自己的伤口，让伤疤处长得更加的结实。这时你会发现，原来痛苦能让你有清醒的认知，接受过苦难的洗礼，才能真正地挑起人生的重担，为下一次的挑战积蓄能量。

塞涅卡也曾说过："没有谁比从未遇到过不幸的人更加不幸，因为他从未有机会检验自己的能力。"不要祈求我们的人生像茶杯里的水一样波澜不惊，若真是这样，人生未免会太过单调无趣了些。

事实上也是如此，要知道，在我们的生命当中正是经历挫折的这些事，这些感受，丰富了我们的人生，而且让我们的性格趋于完善，在成长的过程中，让我们学会了发现，懂得了珍惜。对于那些在心中化解不开的结，对于那些让我们承受痛苦的人，淡淡一笑，学会欣赏，学会包容。只有洒脱地转过身，才能发现新的风景。在我们的成长过程当中，痛其实也是一种人生经历，只有痛过以后才知道幸福的真相，唯有经历了磨难才能破茧而出。

别管他人怎么看，你要看好你自己

张邦梅在《小脚与西服》中说道：“虽然爸妈从未提起，但我从同辈堂亲和姑姑们那儿听过她离婚的暧昧传言，他们用一种暗示着丢脸、可悲的口吻，谈论她离婚的事。我直视她的脸，想要搜寻‘丢脸’或‘可悲’的信息，却只看到平静的智慧。”

在心理学上有一个词叫作“自尊”，这个自尊不是我们平常所说的“自尊心”，是个体对一般自我或特定自我积极或消极的评价，也是人对自我行为的价值与能力被他人与社会承认或认可的一种主观需要，是人对自己尊严和价值的追求。

自尊分为高自尊和低自尊。高自尊就是指个体具有良好自尊，具有高自尊的人能自己管理自己，自己指导自己和监督自己，能有效地应对生活中出现的种种挑战和各种问题，他们相信自己在这个世界中的价值和意义，能坦然接受别人的尊重和期待；低自尊的人往往具备很强烈的心理防卫机制，他会将自己掩盖起来，然而也很容易受伤害，因为一旦他的防御机制被打破了，就会产生认知偏差，从而导致行为的偏差。高自尊的人更受人欢迎，也更容易成功。

毫无疑问，张幼仪是一个拥有高自尊的女人。

张幼仪作为一个离婚的女人，各种各样的非议是在所难免的。

面对别人的指指点点，张幼仪是理性而自信的。她忍受过最糟糕的情况是她坐火车的时候，当时她刚好坐在两个正对她高谈阔论的女人对面。

其中一个女人说：“张幼仪一定长得很丑，而且思想非常落伍。”

另外一个人附和着说：“要不然徐志摩干吗离开她？”

面对这样的议论，张幼仪只是说：“我心里有数，她们讲的只是部分事实。”

我们周围的世界是错综复杂的，所面对的人和事总是多方面、多角度、多层次的。我们每个人都生活在自己感知的经验现实中，别人对你的看法大多有其一定的原因和道理，但不可能完全反映你的本来面目和形象。别人对你的态度或许是多棱镜，甚至可能是让你扭曲的哈哈镜，你怎么能期盼别人客观的评价呢？所以，不管别人如何说，最重要的是自己看得起自己。

他们有批评你的自由，你也有改正自己的权利。我们的生活是奔向未来的，而不是回到过去。

其实一个失败的过去完全可以转变成前进的动力，试着正面地审视自己，根本不必紧张，你还有大把的时间和机会证明你的优秀。

所以，无论什么时候，不要太在意别人的看法。不管别人以怎样的眼光看你，你都要相信，你是这世界上独一无二的存在，你只要知道你是谁，要做什么就足够了。

Part 6

安全感的支点，不是别人，而是你自己的能力

——人生的提升和转变，需要付出足够的努力

她出生于名门世家，祖父是高官，父亲是名医，二哥张嘉森是哲学家和政治活动家，民社党创立者，四哥张嘉璈是中国银行总裁，自己是商界精英。但是她被后人津津乐道，却只是因为她是徐志摩的原配妻子，这真的很不公平，要知道，她足够成名，无须在徐诗人的风流韵事中扮演受气包和可怜虫的角色。

投资自己才是最有价值的投资

有这样一个有趣的故事：一位年轻漂亮的女孩，在一家网上论坛发了这样一个帖子："本人24岁，貌美如花，谈吐优雅，气质美如兰，才华馥比仙。想找一位年薪40万元的男友作为结婚对象。或许在别人眼中我是贪心的，但是在北京这个高消费的城市，买一所房子就要几百万元，与之相比，我的要求其实并不高。"

有位金融界的投资顾问回帖说道："我年薪已经超过了你的标准，但是，我认为跟你结婚是个很不明智的决策，因为你只想进行'金钱'与'美貌'的交易，然而，你的美貌总有一天会消逝，而我的金钱却不会无故减少。从经济学的角度讲，我是增值资产，你是贬值资产。"这位金融投资顾问只觉得她适合"租赁"。

生活中，或许有大部分人认为"女人的美貌"可以换来"男人的财富"。但是，事实上取悦异性不是女人的价值所在。那么，女人最有价值的地方体现在哪里呢?

世界金融投资界享有"投资骑士"声誉的吉姆·罗杰斯说过："一生中毫无风险的投资事业只有一项，那就是——投资自我。"懂得投资自己，才是女人最有价值的地方，才能够让自己的生命更添风采。

张幼仪无疑是一个懂得自我投资的女性。

张家一共12个孩子，8男4女。在经济状况并不是特别丰裕的情况下，女孩子进学堂接受教育并不被幼仪的父母视为重要的事情。但在四个姐妹中，张幼仪是最在意教育的一个。这与她受二哥张嘉森、四哥张嘉璈的影响有关，尤其是二哥，在幼仪小时候便拿着一只熟瓜，给她讲列强瓜分中国的故事。因此，幼仪从小便对有学问的二哥和四哥充满敬佩。而这也是她曾经敬佩徐志摩的原因。

当她12岁，在上海《申报》上看到苏州第二女子师范学校以极低的学费招收学生时，她想尽办法，并最终说服父亲供她去读书，直到15岁因为结婚不得不肄业。而在婆家的时候，张幼仪也是不断劝说，终于让老爷徐申如给她请了个家塾教师。

但在离婚之前，这些只能成为生活中的小插曲，她的第一要务是伺候公婆、相夫教子。但这些小心谨慎、唯唯诺诺奉行的礼俗道德给她带来的竟是如此巨大的伤害。

离婚之后，她获得了从未有过和想过的自由空间，可以去做她一直不被允许去做的事情。在柏林生活的那段日子，公婆总是来信，让她回国，老太太总是在信中说“回来吧，你怎么不回来？”“你还是我们的媳妇，我们收你当干女儿。”

但张幼仪没有回去，她把自己在德国的生活安排得满满的。在德国的四年历练，彻底改变了她。

直到1926年春天，徐志摩与陆小曼要结婚，需要父母的认可，但徐家老爷和老太太说，必须要张幼仪回去，确认与徐志摩离婚了才能答应。公婆希望幼仪借这个机会，可以体面地回国。

于是，1926年夏，在出国五载后，张幼仪选择了回国。

与离开时不同，她回国的时候，已经是一个极坚强、脱胎换骨的女性了。

“我生在变动的时代，所以我有两副面孔，一副听从旧言论，一副聆听新言论。我的内在有一部分停留在东方，另一部分眺望着西方。我具备女性的气质，也拥有男性的气概。”张幼仪如是说。

作为女人，你最想要的幸福，到底是什么？是一个永远不会离开的男人，一个属于自己的房子，还是一个注定美好的未来？当你把自身的幸福寄托于身外之物时，你就注定永远会生活在得与失的惶恐中。其实，幸福的支点不是男人不是钱，而是你自身的能力。只有像张幼仪一样不依赖他人，不断提升自己，方能从容不迫地行走在这茫茫尘世间。所以女人最重要的是把自己打造得更有力量，在所有女性朋友的人生规划中，最优先的项目是自我提升。

美丽的女人懂得投资外在，聪明的女人却懂得投资内在！人生最大的财富是自己，女人们，从现在起，不妨把买昂贵衣服的钱报名参加计划已久的专业课程；把逛街的时间用在积极参加公司的业务培训上面；把陪男友或老公看体育比赛的时间用在读书上……积极地投资自己，就是最为稳妥的生活方式，因为这个世界上，最不会背叛自己的人便是自己，只有自己强大了，才无所畏惧。

不要让将来的你讨厌自己

梁实秋曾描写徐志摩：“他饮酒，酒量不洪适可而止；他豁拳，出手敏捷而不咄咄逼人；他偶尔打麻将，出牌不假思索，挥洒自如，谈笑自若；他喜欢戏谑，从不出口伤人；他饮宴应酬，从不冷落任谁一个。”但是，就是这个在外人看来无比随和潇洒的谦谦君子，却从来没有认真对待过自己的发妻张幼仪，他对她的态度甚至可以用冷酷二字来形容。

婚后4年，他们相处的时间加在一起大概只有4个月，都是在他的假期；在家的时候他宁愿招呼仆人，也不对她说半个字，而年轻怯懦的她总是隐忍；她到法国马赛看他，他极不情愿地等候在接待的人群中；在飞往伦敦的飞机上，她因晕眩而呕吐，他嫌弃不已：“你真是个乡下土包子”；他冷酷地要求离婚，完全不顾她已经怀孕，她说：“有人因为打胎死掉。”他答：“还有人因为火车肇事死掉，难道你看到人家不坐火车了吗？”她在德国生下二儿子彼得，身边没有一个人照顾，他却追到柏林要求离婚，还写下了那句著名的“无爱之婚姻忍无可忍，自由之偿还自由”……

可以说，徐志摩对张幼仪一直是冷漠的，不理解的，甚至离婚的时候都没有一句温言软语。但是张幼仪并没有因为这样而自暴自弃。

一直以来，张幼仪心底最大的遗憾便是没有受过很好的教育，离婚之后她立志为自己弥补这个遗憾。于是这个被丈夫讥讽为“乡下土包子”的女子，一边独自带着幼子在异国生活，一边进入德国裴斯塔洛齐教育学院读书，虽然经历了二儿子彼得的夭折之痛，但离婚三年之后，徐志摩在给现任妻子陆小曼的信中再次提到前妻张幼仪之时，却赞叹地说道：“一个有志气、有胆量的女子，这两年来进步不少，独立的步子站得稳，思想确有通道……她现在真是‘什么都不怕’，将来准备丢几个炸弹，惊惊中国鼠胆的社会，你们看着吧！”

得到那个曾经无比嫌弃自己的男人的真心褒奖，是多么艰难的事，华丽的离婚分割线之后，她的人生开始有了鲜花与掌声。

作为一个女人，你知道什么样的语言让自己看起来很危险吗？那就是“反正我也就这样了”。这样一句透着不思进取、得过且过的话语不是我们应该说的。

一个没有任何能力和手段的人，很容易被人忽视。很多女人把“对自己好”理解为过上懒惰、舒服的日子。其实这是一个非常错误的观念。我们每个人都不是单独地存在于这个世界上，我们要与社会产生联系，别人的态度和行动会影响到我们的生活。

如今很多女人都把嫁人当作自己的终极目标，以为嫁了一个好丈夫，就找到了一生的保障，结婚了，自己就会快乐一辈子，完全没有危机感。特别是一些家庭主妇，她们的生活非常惬意，不用工作又有钱花，无聊的时候做做美容，逛逛街，看看小说……其实，一个女人在物质上的满足远比在精神上的满足容易得多。女人如果总是不思进取，生活在现有幸福的“温床”上，其实是一件很危险的事。久而久之，丈夫也不爱跟她说话了；她不提高自己，培养自己的修养，丈夫渐渐地也不爱看她了。她对丈夫来说，太没有吸引力了。

另外，生活中的意外随时都会发生，谁都不能保证谁能让你幸福一生。就如张幼仪，娘家有财有势，嫁妆多得火车都装不下，而她嫁的人家也是家底殷实，丈夫更是文坛新秀，这一切似乎足够让她过上幸福快乐的日子，但是到头来金玉良缘便成了心头利剑，被徐志摩伤得体无完肤后，依然要靠自己的双脚站立起来。

也许，有的女人会说“做自己最快乐！为什么去迎合老公，那样生活多没意思”。是的，做自己最快乐，可是总是做一个糟糕的自己，我们能快乐吗？如果一个女人把“提升自己”理解为“迎合老公”，那她的生活当然没有意思。做最好的自己，才会最快乐！

我们提升自己，首先取悦的是自己。就好比，你穿一件漂亮的衣服，首先感受到心情愉快的是你自己，让人赏心悦目只不过是一个附带的作用；你学富五车，出口成章，举止优雅，首先让你对自己产生自豪感，让别人愿意主动来接近你只不过是一个附带的作用。

斯迈利·布兰顿博士在《爱与死亡》中写道：“每个健康的人都有一定程度的自恋。这是正常的。自恋是完成工作和取得成就所应具备的必不可少的因素。”不管你是谁，要想快乐、幸福地生活，首先要做到的就是爱自己，比爱任何人更爱自己。很难想象，一个连自己都不爱的人，会有多爱别人。

记住，我们是要做自己，但不是做一个糟糕的自己，而是做最好的自己。

男人永远不会嫌弃女人太优秀

张幼仪在自传中如此说道："我知道我是一个旧式女子，但是若有可能，我愿意改变。毕竟我人在西方，可以读书求学，想办法成为饱学之士。可是我没法子让徐志摩了解我是谁，他根本不和我说话。我和我的兄弟可以无话不谈，他们也和徐志摩一样博学多闻，可是我和自己丈夫在一起的时候，情况总是：'你懂什么?''你能说什么?'"

徐志摩之所以如此冷漠地对待张幼仪，除了反感包办婚姻之外，另一个原因就是在徐志摩的眼中，张幼仪是一个思想守旧、没有接受过良好的教育，没有系统学习过新派的知识，不能像他欣赏的新式女子那样既学识渊博又俏皮可爱。

但是，张幼仪虽然是一个旧式女子，她从来没有放弃过改变自己，她非常爱学习。待字闺中的时候，张幼仪想方设法让父亲送自己上学，最终如愿进入苏州女校。后来因为结婚而肄业，她又求公公徐申如给自己请个老师。去英国之后，她也是想夫唱妇随，学些西方学问的，但是没想到跟徐志摩团聚之后，她做的尽是打扫房间，洗衣服，买吃的和煮东西这些日常琐事，她知道，她首先得做一个称职贤惠的妻子。在德国，张幼仪在好友朵拉的帮助下，申请到进裴斯塔洛齐教育学院就读的机会，在入学之前，她先密集补习了好几个月的德文，所以在开始上课的时候她就可以听得懂大部分内容了，在这个学习期间，张幼仪在班上表现得一直都很好。回国之后，张幼仪依然没有中断学习，因为15岁就中断正规教育的缘故，她又为自己请了一位中文老师，每天学习一个小时左右的课程。她说她需要多了解一些文献和名著。

大凡在事业上有大成就的人，都是终身孜孜不倦追求知识的人。在漫长的人生经历中，不管境遇怎样改变，他们有人不放弃对知识的追求，学习既是获取知识的途径，又是在逆境中的精神支柱。他们真正地明白“学海无涯”的道理，知道知识无止境，学习也应该是没有止境的。

在现实生活中，大多数女孩在毕业之后就不怎么读书了，这恰恰是女人的大忌。在社会生活中，女性的生存空间相比男性有些狭隘，所以对于一个女性来说，更需要博览群书，不断去学习，放宽眼界。我们在广泛阅读的同时，还要善于思考，不盲从、不偏执，只有这样，才能让自己成为一个睿智的女人。

人与人之间最根本的差别不在外表上，而是大脑，以及里面存储的知识、性格和思想。性格和思想的成因比较复杂，但是知识却可以通过学习得到，从而丰盈我们的大脑。

一个拥有智慧的女人永远都不会随着时间而衰落，反而会愈显浓香。智慧的女人经常能在思想上与优秀的男人达成共识，帮男人进取、拼搏。智慧可以无形之中提升一个女人的魅力。学习使一个人的思想、心理和精神永远年轻，也使事业日新月异。因此，想要做一个智慧女人，就需要不断地去学习。

女人不能放弃学习，因为放弃了学习，就等于放弃了自己。如果没有不断学习的心态，不断追寻各个领域的新知识以及不断开发自己的创造力，你终将丧失自己的生存能力。因为，现在的社会对于缺乏学习意愿的人是很无情的。女人一旦拒绝学习，就会迅速退化。

不是有句话叫作“学如逆水行舟，不进则退”吗？没错，在这个快速发展的时代，我们每个人几乎都是被裹挟着向前出发，不努力向前，就只能后退。然而，当大家都赶着、抢着往前去的时候，你就心甘情愿地对自己说“我就这样了”？相信没有哪个人会抱着这样消极的想法去生活。

也许有人说，我们每天上班，工作一天，哪有时间去学习呢？其实，时间就像海绵里的水，你只要去挤，总会有的。我们可以挤出零碎时间，比如，等车时、等人时、路上……

知识是女人永远都探索不完的财富，它包含的养分是我们个人用一生时间都无法汲取的，知识是引导人生到达光明与真实境界的灯塔。女人只有勤奋学习知识，再去实践，才能拥有更美好的生活。

你的生活里不只有柴米油盐

徐志摩曾说，张幼仪和他的搭配是“小脚与西服”，但事实上，张幼仪并不那么“小脚”，她好学上进，意志力极强，远胜于当时很多年轻女子。当然，男人归罪于一个女人的精神层面时，常常只是掩饰对她外表的不满。

在上海的时候，张幼仪与徐志摩夫妇比邻而居，在这期间，她们二人应胡适之邀一起吃过一顿饭。张幼仪如此形容陆小曼：“她确实很美，光润的皮肤，精致的容貌。她讲话的时候，所有男人都被她迷住了。饭局里，她亲昵地叫徐志摩‘摩’和‘摩摩’，他亲昵地叫她‘曼’和‘眉’。他对她说话的态度是那么有耐心，那么尊重她。这一切我都看在眼里，让我想起他以前跟我说话的情形，总是短促而草率。那天晚上我的话很少，却不能回避自己的感觉。我晓得，我不是一个有魅力的女人，不像别的女人那样。我做人严肃，因为我是苦过来的人。”

其实，张幼仪并不是像她自己所说的那样没有魅力，她只是没有遇到一个知她、懂她的人。 我们可以看到张幼仪的几张照片，她浓眉大眼，端庄清澈，单从照片看，绝不亚于陆小曼，她摄于37岁时那张旗袍照，又端庄又舒展，不亚于任何一个“名媛”。

那么昔日徐志摩眼中的那个“乡下土包子”是如何从一个“弃

妇”蜕变成名媛的呢？这与她丰富的生活内涵息息相关。

可以说，张幼仪的悲剧源于不幸的婚姻，而成就她的也是这不幸的婚姻。张幼仪是个有文化的女子，自幼就受过良好的教育，又有不错的家庭背景，与徐志摩离婚后，她明白该怎样调整自己。所以，她很快从悲痛中振作起来，入裴斯塔洛齐教育学院，专攻幼儿教育，不断读书，完善自己。在1926年返国后，去东吴大学教德文，后来又转战商界，成为上海女子商业储蓄银行副总裁，云裳服装公司总经理。经过几年的奋斗，她终于从“小脚”的阴影里走出，成为一个“穿西服”的，令人瞩目的新女性。

只有经历过风雨洗礼的玫瑰才更加美艳动人，正是因为这些丰富的生活经历，才让张幼仪的人生更加风满，也让她更具有人格魅力。

表面上看起来，人与人之间，除了相貌的差异再没有多大的差别，但一旦深入其内心世界，差异可就大了。女人的容貌是先天的，我们无法选择，但是我们可以像张幼仪一样不断丰富自己的内涵。

女人的真正魅力不是时髦，而是自己，正是为了创造一个货真价实的自己，才需要有丰富的内涵，才需要对于美的鉴赏力和区别于他人的辨别力。因为你不可能从时尚里创造出女人味，却可以从女人味里创造出自己特有的时尚气质。

女人独特的味道不是物质堆砌出来的，再好的化妆品也只能够装饰皮肤，女人的“味道”是由内发散出来的特殊气息，是一种清新爽朗的感觉，与外表与装饰无关，它是一种脚踏实地的文化修炼，是与自身的经历息息相关的。

一个有魅力的女人首先应该是一个有丰富内涵的人。读不完的篇章，阅不尽的沧桑，看不完的景色，赏不尽的味道，她的举手投足间含蓄深沉，给人一种赏心悦目的韵味。她对生活和生命都充满热情，而且还会唤起别人的热情，从而使自己和他人的生命变得光彩照人。

有丰富内涵的女人不依附于人，能够独立于世，她们真诚而不虚伪，敢于面对现实，敢于正视自己和别人，她们内心坦荡，纯洁无瑕，举止从容不轻薄，性情平和不浮躁。

另外，一个有丰富内涵的女人应该是成熟自信的。她懂得变换自己的角色，在工作中如同男人般果断干练、自信从容，而在生活中又是一个有着明确的生活信念和人生方向的人，她更懂得关爱自己和他人，始终坚强乐观地生活。

总之，魅力是挑剔的，它只会为那些用心的女人而生。没有油、盐、酱、醋、大香、花椒、桂子、丁香、良姜、胡椒等等调料，难以做出佳肴。一个女人如果没有丰富的内涵，那她永远只是一朵没有生命的塑料花，无法鲜活起来。

你只需要努力，其他的交给时间

有人说张幼仪的一生简直像一部励志大剧。的确如此，上帝为她关上了婚姻的大门，却打开了事业的窗口，失去婚姻之后，情场失意的张幼仪却迎来了事业上的大丰收。不但借助人脉关系帮助上海女子银行走出困境，在金融业屡创佳绩，在股票市场上也出手不凡，和八弟一起创立的云裳时装公司还成为上海最高端、生意最兴隆的时尚汇集地，当时的名媛陆小曼、唐瑛等都在那做衣服。

能有如此成就，除了拥有良好的人脉资源外，更多的是张幼仪自己的勤奋和努力，克己隐忍、勤奋踏实两个词大概是最能形容张幼仪的词语了。她在出任上海女子商业银行副总裁时，每天上午九点，她已经开始在办公室忙碌，她特意把办公桌安排在最里面，方便对周遭的一切明察秋毫，甚至她总是最迟离开办公室。下午五点，家庭教师又上门为她补习，完了还得去南京东路的“云裳”服装行，她是这家公司的总经理，要负责查看订单，在下班的时候告诉裁缝师，为的是盯牢所有的事……

在看到别人成功时，我们通常会说是因为运气，可是我们只看到了别人成功的光环，却没有看到人家在背后所付出的努力。与其奢求那样的好运气也会落到自己的头上，还不如脚踏实地地从小事做起。

现实生活中，很多女人在工作中很难做到像张幼仪那样勤奋，为什么？难道是因为我们天生平凡？我们经常可以看到有的女人得过且过，敷衍了事，从不把心思放在工作上；有些人看上去忙忙碌碌，却总是一副心不在焉的样子；有些人见了责任就推脱，不肯多做一点分外事；有些人无法面对挑战，承担不了压力，稍微有些困难就打退堂鼓。

实际上，无论我们做什么工作，无论我们面对的工作环境怎样，我们都应该严格要求自己，只有付出自己的努力，机会才会眷顾你，反之你永远享受不到成功带给你的喜悦。

有位哲人说过这样一段话：“如果你期望真正的生活，那就不要到遥远的地方，不要到财富和荣誉中去寻找，不要向别人乞求，不要向生活妥协，不要向苦难和困境低头，幸福和成功只靠我们自己，自己的智慧，自己的勤奋，这种幸福和成功就是勤奋的恩惠，就是命运的赏赐。”

的确如此，付出才有回报，耕耘才会有收获。你付出的时候越慷慨，得到的回报才会越丰厚。在这个世界上，凡是能创造最好自己的人，他们的努力虽然各有不同，但他们勤而不怠却是相同的。正所谓伟大的成功和辛勤的劳动是成正比的，只要你付出了汗水，命运总有一天会垂青于你，请相信功夫不负有心人的真理，踏踏实实地做人做事，总有一天你会接近成功。

勤奋是一个人通往成功的敲门砖。大千世界，茫茫人海，人们很容易朝三暮四，见异思迁，但天才和灵感往往钟爱那些不畏艰辛、甘洒血汗的勤奋者。“勤”和“苦”是一对孪生姐妹，形影不离，一切机遇和灵感，都离不开勤奋这个前提。

勤奋对于女人来说，是一种难能可贵的品质。社会上曾流传这样一句话：“干得好不如嫁得好。”这一思想使得很多女人将自己的全部希望寄托在男人身上，享受着男人在外打拼收获的果实。很对女人都向往衣食无忧的安逸生活，也有不少“商人妇”终日忙碌于商场、麻将桌边，时间久了，渐渐地成为男人的附属品。然而，贪图享乐、不思进取的消极生活态度会令女人慢慢地迷失方向，失去存在的价值。这些不求上进的女人或许不曾想过，一旦失去了可以为之依靠的男人，自己有一天将会沦落到悲惨的境地。

与这些贪图享乐的女人恰恰相反，勤奋的女性则以一颗永不知疲倦的心，在生命的舞台上展现出最华美的风姿。她们面带微笑，身着各色职业装，昂首走进自己的办公区域。她们或许并没有楚楚动人的外貌，或许并没有聪明过人的智慧，但她们自信、乐观，不为艰险，勇于克服各种困难，用自己的实际行动证明自己的能力和实力。

勤奋的女人，会对自己的事业投入全部的精力，即使只是一份普通的工作，她们也会投之以百倍的热情。勤劳的女人每天都在为一项有意义的事业而思考、行动，无论身处哪种环境中，勤奋都是她们最有力的武器。

勤奋是通向卓越的最短途径，也是实现梦想的最好工具。你只要有为梦想努力拼搏的勇气和孜孜不倦地坚持下去的韧性，你就能够享受奋斗之后成功的愉悦。

幸福需要你起身拥抱

徐志摩向张幼仪提出离婚如此说道:“真生命必自奋斗自求得来,真幸福亦必自奋斗自求得来,真恋爱亦必自奋斗自求得来!彼此前途无限……”

离婚后徐志摩写信给张幼仪:“自由离婚,始兆幸福,皆在此矣。”

徐对张不可谓不绝情,但这番表白却也真挚,此后张幼仪的人生际遇印证,“始兆幸福”之语大致不差;张幼仪的幸福,也的确如徐志摩所说,来自于她孜孜不倦的奋斗与努力。传统女性的“现代新生”让人感佩不已。

自古以来,有关奋斗的故事一直是女人们津津乐道的话题,奋斗好像有一种神奇的魔力,它似明灯指引女人不断追寻成功;它如桥梁,女人总是能够通过它来达到自己的目标。有志向的仁人无一不是通过不懈奋斗来到达成功的巅峰,尽管有时会遇到一些客观因素让女人与成功失之交臂,但是不要忘记,就在你全力以赴拼搏的时候已经享受了奋斗的过程。

也许有的女人会抱怨上天的不公,为什么我奋斗了,拼搏了,人生却还是暗无天日找寻不到幸福的阳光?面对这种境况,女人应该告诉自己,虽然幸福来源于努力奋斗,但是由于客观因素的影响也会达不到梦想的天堂。不管怎样，全力以赴打拼的过程是美好的，女人积极向上的精神就已经告诉自己，你是最优秀的。

冰心在《繁星》中曾说过：“成功的花，人们只惊羡它的明艳，然而当初她的芬芳却浸透了奋斗的汗水。”

女人在生活中，许多时候态度决定成败，心态决定了成就的大小。全心全意，全力以赴，才可尽显潜能，才可能得到幸福。

不可否认，女人的奋斗之路一定会充满艰难险阻，尔虞我诈，一不小心就会摔得头破血流。但是，这条路越难走，也就意味着成功之后给你带来的回报更丰厚，带来的成就感更能令你满足。轻易放弃，前面的努力就会白费；轻易放弃，就给了对手更多的机会。

人生难得，任何女人的一生都不可能全是锦绣鲜花，一帆风顺，更多的时候是在曲折、坎坷或充满变数的道路上前行。是什么能够像旗帜、罗盘和精神支柱，在女人遭遇坎坷、穿过泥泞的时候给我们前行的力量？答案只有一个，那就是全力以赴地追求自己的梦想。

作为一个自强自立的女人，在奋斗的道路上，你要咬紧牙关，朝着目标坚定地走下去。即使跌倒，即使身陷逆境，你也应该坚定信念。跌得越惨，信心越足，全力以赴地去奋斗，去享受奋斗的过程，因为这一切挫折最终都将转化为你人生中的“经验值”，助你登上成功的顶点！

Part 7

长得好看，不一定活得漂亮，事业绝对是女人的必需品

——独立的女人才有选择的权利

去德国前，她大概是什么都怕，怕离婚，怕做错事，怕得不到丈夫的爱，委曲求全，可每每都受到伤害；去德国后，她遭遇了人生的最沉重的怆痛，一切都跌至谷底。伤痛让人清醒，此时她方才明白，别人的怜悯，搏不来美好的未来，人生任何事情，原来都要依靠自己。

没有人会在乎你的眼泪

从小，张幼仪的家人都说她强若男子。因为比她晚出生十一个月的七弟太过软弱的缘故，家人还有一个说法就是，张幼仪出身的时候把母亲身上的男子气概全拿走了，所以只剩女人的柔弱留给七弟。虽然这个说法甚是好笑，但也充分说明，并不是所有女子都输给男人的。

事实证明，张幼仪也的确比很多男子要强。不管是面对伤痛的承受能力来说，还事业上的成就，她都可以说是巾帼不让须眉。

自古以来，人们都有男强女弱、男刚女柔的观念。古代对女孩的教育是“女子无才便是德”，在家从父，出嫁从夫，而男孩却是“金榜题名，光宗耀祖”，在家要独挑大梁，做一个顶天立地的男子汉，男主外，女主内，女人的地位永远只是“从”，这样的教育方式势必将女人塑造成男人的附属品。

其实，不管是男人还是女人，都蕴藏着巨大的潜能。令人遗憾的是，许多女人却不相信自己跟男人一样拥有巨大潜能，这是众多女人思维上固有的最大误区。而每一个事业有成的女人，她们一个显著的共同点，就是不断积极挖掘自己的潜能。

反之，任何普普通通的女人，绝不是缺乏潜能，而是不相信自己有潜能，经受一两次挫折，就总是怀疑自己不够聪明，反复强化自己是女人，没有男人聪明的意念，时间久了，认为自己不如男人的想法越来越固化，形成思维惯性，一事当前首先就认为自己做不好，潜能当然被埋没了。

人的潜能仿佛地下的矿石，假如自己不相信地下有矿，只是着眼于砍伐浅浅地表的柴草，必定会感到资源贫乏，柴草越砍越枯竭。倘若坚信自己大脑深处隐潜着巨大的资源，并往深处大力开采，那一定会有无限丰富的潜能滚滚涌来的感觉。

可以说，在这个世界上，我们每一个人都具有超强的能力，我们能够获得的成就永远超出我们的想象。因此，任何时候都不要看低自己的能力。

不少人自认为女人天生能力比男人弱，其实根本不是这样。在过去的几十年时间里，科学研究已涉足探讨女人优势的领域。所有女人都能够证明自己在某些事情或领域里比男人强。

不过就整体社会环境来说，不可否认，依然存在着不少阻碍女性发展的不利因素，要做出一番事业，女性不但要比男性具备更大的耐受力，而且更要有面对激烈的竞争，失败的打击，坚持到底，永不放弃的精神。

事实上绝大多数女性成功的路并非通常人们想象的那样：占了性别的好处或是被性别所累。从她们自身的心理角度看，她们反倒几乎没有什么强烈的性别意识，对自己的性别她们体现出一种认同，一种顺应天然，不事张扬，也不刻意排斥，她们大都依凭自身的能力和努力同男性竞争而获得成功。

女人要谨记：假如你随波逐流，被动地接受命运的摆布，缺乏抗争不幸的巨大勇气，那么你终将毫无建树。所以，别让你的性别观念左右你，在职场上，最根本的并不是性别之分，而是能力的高低之分。

你要记住，不论什么企业的老板，他首先看中的是你各方面的能力，而不是看你是男性或是女性。你能够为企业创造更大的效益，你就是优秀的，你就会得到老板的赏识。明白这一点后，你就该摈弃你的抱怨，把全身心灌注到你的工作上，如此的话，成功便向你一步步走来了。

“休言女子非英物，夜夜龙泉壁上鸣”。女人也是人，不是天生的弱者，为什么要依附男人而生活呢？况且，面对越来越大的生活压力，很多男人都觉得：女性过分向自己“示弱”，只能让自己产生压力。女人若适度显示自己的能力，才能使自己对未来产生安全感。所以，女人应该适当的强大，不会学那些为赋诗词强说愁的小女人们整天无所事事，消磨自己的青春，从而错过身边的许多风景。鼓起勇气展望未来，不必做个女强人，但至少可以做个强大的女人。

其实，在现代社会大多数男人的心中，都渴望自己的女友或妻子能成为与自己同进退、心有灵犀的红颜知己。由此，身为女性，你将不难发现，在这个崇尚个人奋斗的今天，还是自己先干得好，生活才保险些。在事业和婚姻之间求得一种平衡，两个人各有事业，经济独立，并肩作战，才能共同感受到幸福的滋味，爱情的甜蜜。

所以，作为女人，你要相信自己不是弱者。要树立信心，自强自立，相信自己能撑半边天。不管是在经济上还是在精神上，你都不要依附于男人，要有和男人平分秋色的霸心，并不断地完善自我，通过自身的努力，不断地进步，用实力来证明自己是一个经济独立、精神更独立的魅力女人。

让他踮起脚尖来看你

晚年的张幼仪在自传中如此说道："我一直把我的一生看成两个阶段：'德国前'和'德国后'。去德国前，我凡事都怕；去德国后，我无所畏惧。"

去德国前，张幼仪大概是什么都怕的，怕得不到丈夫的爱，怕被丈夫抛弃，怕做错事，谨慎侍奉公婆，讨公婆欢心，如此委曲求全，可换来的依然是徐志摩的冷言冷语。去德国后，她遭遇了人生的最沉重的伤痛，被逼离婚，爱子夭折。人生最晦暗时光，如一张大网，铺天盖地笼罩着她，一切都跌至谷底。伤痛让人清醒，此时的张幼仪方才明白，别人的怜悯，搏不来美好的未来，人生任何事情，原来都要依靠自己。

从德国回国后的张幼仪基本上一直在上海生活。1927年，张幼仪的双亲去世，张幼仪就担负起照顾弟妹的责任，张幼仪的四哥张嘉璈便把自己在上海英租界海格路125号的房子"范园"让给弟妹们居住。如此一来张幼仪就成了"范园"名副其实的女主人。但是，张幼仪并没有理所当然地享受四哥的庇佑，而是想方设法地让自己独立起来。

经过不懈地努力，有了一定的经济能力之后，张幼仪不但为四哥在上海法租界另外买了一处房子，以报答当初四哥的赠房之恩。

在股票市场赚了钱后，还在“范园”的空地上为徐志摩的父母盖了一所房子，并时常资助徐志摩。

如果张幼仪在离婚之后，只靠着公婆支付的生活费及哥哥们的资助生活，那么她的人生永远不可能逆袭，她在别人的眼中永远只是一个可怜的弃妇。

似乎，女人天生都缺乏安全感，打雷会害怕，看到老鼠会害怕，一个人走夜路会害怕，当然这些害怕多半是由于生理特性所致，很正常。而且，这种害怕还会突显女人的魅力，让男人有一种想要保护的冲动。但是，女人的害怕可并不是只表现在生理方面，她们在心理上会产生更大的担忧和恐惧。

没结婚时，害怕自己嫁不出去，结了婚，又害怕老公有外遇；选择生孩子，害怕职场前途受影响，不生孩子，又害怕夫妻感情受影响；职场拼杀，努力上位，又害怕败下阵来被人嘲笑，循规蹈矩，平平庸庸，又害怕有朝一日被职场淘汰；长相貌美，害怕时光流逝，终有一天人老珠黄，长得难看，又害怕世人的眼光……反正是日日担心，事事恐惧，严重缺乏安全感，不知道自己到底哪一天才能寻找到心灵的安定。

女人的这种害怕多半与无法独立有关，这种独立不仅包括经济上的独立，也包括精神上的独立。所谓经济上的独立是指，无论婚前婚后，女人都一定要有一份属于自己的工作或事业，有一份稳定的收入。当然，并不是说男人的饭不能吃，而是说如果只靠男人才能获得的幸福不会太牢靠，这个道理已经在现实中得到了无数的验证。所谓精神上的独立是指，女人要有属于自己的兴趣和生活，即使已嫁作人妇，也不要完全失去自我，没有任何爱好的女人，其生活是乏味的。即使经济上已经足够独立，但如果缺乏精神独立，女人便会跟落寞和空虚纠缠在一起，变得更没有安全感，甚至让爱情和婚姻节外生枝。

提起独立，人们就会联想到一个高举红旗、坚决与男人进行抗争的女人，这一形象曾在全世界被广泛宣传，以至于不少觉得独立的女人就是那个样子。实际上，女人独立并不在于与男人抗争中，而在于找准自己的位置。独立是一种很高的境界，它需要高素质的心态和全新的价值观。现代社会已很开放，制约女人独立并使女人在追求独立过程中吃尽苦头的是女人自己。女人独立的目的，并非是将自己的本性消灭，如果是这样，独立也就失去了它的意义。现在的女人，再不是大门不出二门不迈的封建女性，现代社会为女人提供了很多经济独立的机会。女人的经济独立是精神独立的前提，但在现实中，还是有很多女人在经济上依靠男人，而男人就把这些女人看作私有财产，甚至还会轻视女人。过去的男女关系总被遮掩在虚伪的假情假意里面，这已非常不适合现代社会的要求。男女经济关系的含糊，使男女相处的质量不高，不仅不能获得两性畅快和透明的愉悦，也很容易产生矛盾和变心。女人如果缺少独立感，整个人十分灰色，男人对这种女人不会有长久好感。

当然，说这番话的目的也并不是要求所有的全职太太们都扔下家庭和孩子，跑出去工作，寻找独立。毕竟有些女人的确是因为家庭需要才牺牲了自己的事业，我们首先得向这样伟大的女人致敬。但是，这些女同胞们还是要明白一点，虽然自己没有社会工作，但持家也是一种职业，男人在企业打拼有工资，那么女人持家就该有报酬。以往，男人总把家庭的生活费视为对女人的报酬，这是不对的。生活费只是一种家庭必需的成本，它没有在经济上体现持家女人的价值。所以，全职太太也要让丈夫主动量化自己持家的价值，并愉快地付给这笔象征着对自己价值尊重的工资。千万不要小看这个程序，这是女人走向独立的关键，当女人有了这种独立感之后，在男人面前就会有尊严，男人在有尊严的女人面前才会有在乎，否则男人永远会觉得你是依靠着他们生存的，久而久之他们就会忽视你；但有了象征性价值的工资就不同了，他们会明白你做全职太太是为了他，为了家庭，他就会对你做出的一切表示感激，而不会觉得是天经地义之事。

有位女作家说：“女人，无论何时，都应该像树一样站立。”是的，女人应该是一棵站立的树，历经狂风暴雨却屹然挺立；女人不应该是一根藤，一根只能依靠他物才能生存的藤。女人应当有自己的空间，对男人依恋而不依赖的女人会让男人倍感亲切。

女人们应该都看过《甜蜜蜜》，剧中的展翘就是个可爱的女人。她是一颗无论在什么情况下都能够茁壮成长的杂草，有着极顽强的生命力，有着独到的见解。虽然相貌平平，但是因为她的独特个性和爽朗性格，同样成为一个让男人为之心动的女人。而那些像缠树藤样的女人，只会不断消耗着男人的精力和心情，最后很可能落个可悲而又可怜的下场。

只有成熟而独立的女人，才能够让男人们赏心悦目，被男士们所欣赏的。在所有男人的心目中，都渴望自己的妻子能成为一个与时俱进的，能与之共同进退的红颜知己。可惜这样的知己很少。他们希望与自己心爱的女人是心有灵犀一点通的，而不是因为岁月的磨难而变得茫茫然对牛弹琴的。这是男人们的悲哀，亦是女人们的悲哀。所以，如果你想得到一个男人永远的忠诚，如果你想自尊自立地生活，请做一个独立的女人吧！

事业让你成为最好的自己

张幼仪在处理家庭事务时非常传统，但这并不意味着她只能主内不能主外。她在经营自己的事业方面精明能干，处处表现不俗。

定居上海后，张幼仪先在东吴大学教了一段时间德文，随后又受聘上海女子银行副总裁，同时还在南京东路经营一家名为“云裳”的服装行。当时张公权任中国银行副总裁，并主持上海各国银行事务，张幼仪管理的这家银行主要是帮助上海有钱人家的太太小姐做一些相对稳妥的投资，用她自己的话说，是她人头熟，又可以利用四哥的关系，因而能给银行带来信誉保证。至于“云裳”服装行，是她八弟张禹九和几个朋友投资的产业，徐志摩也有一些股份。这家店铺集成衣和定做于一身，常常以别致的设计吸引顾客。由于良好的人缘和人脉，许多人都来捧场。

张幼仪很有经营头脑，在股市上赚了不少钱，徐老太爷后来也几乎将所有产业都交给她打理。在战争年代，张幼仪的生活也并没有受到多少冲击，反而通过囤积军装染料赚了很多钱。她曾买了两箩染军服需要的染料，等价钱涨到一百倍时等没法从德国进货时才卖掉。有了这笔不菲的资金，她又开始投资棉花和黄金。如果做这些事情的人是国民党政府要员，人们往往会说他是在发“国难财”，而对于张幼仪这样一个人来说，似乎上升不到那个高度，只能说她是一个精明的女商人。

在那个时代，像张幼仪这样的女人，依靠自己辛勤地工作养活自己，非常难得。这样的女人是充满魅力的，她在生活中有一份属于自己的事业，还有一份离开男人之后的生存能力，以及一份自己的原则和一颗善待自己的心。

现实生活中，有很多女人把“干得好，不如嫁得好”奉为人生信条，她们认为，作为一个女人，婚姻才是自己的终极目标，不管你在事业上多么成功，都不如嫁一个好男人可靠。这样的教育影响了很多女人，从而导致她们学习不努力，工作不努力，一门心思地寄希望于钓一个“金龟婿”。得偿所愿的人很多，但机关算尽却赔了夫人又折兵的人也不在少数。之所以失败，是因为她们不懂男人。

不可否认，有责任感的男人大多愿意养自己喜欢的女人，但这并不意味着他们愿意让自己的女人把自己当成笼中鸟，整天无事可做，浑噩度日。他们需要的是生活伴侣，更是精神伴侣，而两耳不闻窗外事的女人肯定无法做到这些。一旦没有精神交流，感情必然会出现问题，再可靠的男人也会变得不可靠。再说，如今这社会，真正可靠的男人又有几个?

虽说“男人靠不住”这话太过绝对，但是居安思危，有备无患，女人无论如何都要懂得爱惜自己，在经济上，精神上完全依附男人的做法万万不可取。女人只有好好工作，才能有保障的幸福。爱情需要物质基础作为支撑，用自己的薪水养活自己，一来可以减轻男人的负担，二来可以保障幸福，而且工作可以赋予女人魅力，这是一举多得的事情，女人又何乐而不为。

在“白头偕老”已经快要成为神话的现代社会，女人拥有一张长期饭票的概率越来越低。当婚姻破碎了，金钱纠纷很容易导致男女双方恶言相向，受害的往往是女人。即使婚姻幸福的女人，也有机会单独面对现实人生，因为女性普遍比男性长寿8到10岁。

年轻的时候，女人觉得这一天永远不会来临，总是很乐观地认为“船到桥头自然直”，女人总是逃避现实，缺乏居安思危的观念，不愿意去想倒霉的事，等到问题发生了才烧香拜佛，祈求上苍眷顾降福改运。其实，祈求上苍是没有用的，我们能依靠的依然只有自己，我们只有学会经营自己，为自己的未来做好打算，命运才可以掌握在自己手中。

女人只有拥有自己独有的东西，才会更加美丽。张幼仪的故事也告诉天下所有的女人：女人除了理智地追求自己的情感之外，我们还要有自己的事业，完全不必为某个男人痛苦且消极地活着，这样才不至于因为某个男人的离开造成我们人生中的空白，直到遇到那个懂得欣赏我们的男人出现。

进入围城后，女人千万不要抱着“他可以养我”之类的话，你可以依赖他，那也只是在累的时候让他抱抱你而已，休息好之后，还是要有独立行走的能力。要想独立，你就得为自己找份工作，虽然在这份工作中，也许你挣不了很多的钱，但是当你工作的时候，代表你不是苍老的，你还有年轻的斗志，还有对未来渴望。也不用想买一件梦寐以求的化妆品的时候还要不断地讨好男人，用自己赚的钱给自己买东西，花再多都用得理直气壮。

此外，对于女性而言，爱情与事业永远是他们人生中的两大主题。陷入爱情的女人，自然是令人羡慕。只有事业，没有爱情的女人固然可悲，但是没有事业的女人也不一定能终身拥有爱情。

有人这么比喻：任何一个女人的一生都是一个圆。爱情是圆点，事业是半径。没有事业的女人只是一个点，没有圆心的女人不能称为圆。只有事业，才可以把自己的人生圈成圆，画上丰富美丽的内容。事业让优雅的女人一直处于潮流先锋，心态永远年轻。

那么，对于女人而言，在爱情和事业必须做出一个选择的时候，到底应该选择爱情还是选择事业?

年轻时，或许你会不假思索地回答：选择爱情。但是，经历了沧海桑田你一定会说：女人也应该像男人一样，宁可“情场失败”也不能“没有事业”，尤其身处物质社会里，事业绝对是女人的必需品。女人只有取得社会的认同，发挥自己存在的价值，才能从心底自信起来，才能赢得男人、家人的重视。

聪明的女人应该拥有自己的工作，不能抱着“找个好工作不如嫁个好男人”的依赖思想；哪怕收入再少，也不能辞职，虽然你那一点微薄的工资根本不算什么，关键在于你要的不是那些收入，而是工作带给你的自信。

女人安全的筹码

在徐志摩与张幼仪签订的离婚文件上说，离婚后，张幼仪将获得五千元的赡养费，事实上，张幼仪根本没有拿过这笔钱。她和徐志摩在协议书上签完字后，张幼仪就认为彼此已经离异了，再没有任何牵连了。张幼仪并没有把自己始终没拿到那五千元赡养费的事情放在心上，她有骨气地说，她在可以要求离婚赡养费的时候，“没拿徐家半个子儿”。

是什么让张幼仪如此有底气？不错，是独立的经济能力。我们知道，张幼仪是一个理财高手，早在帮公公徐申如管理财务的时候，就显示了她的理财才能，后来出任上海女子银行副总裁，她又屡次带领银行走出困境，很多事情证明，张幼仪是一个能够用自己的能力立足于这个社会的女人，所以她才能如此理直气壮！

我们可以想象，张幼仪生活在传统思想还占据主要地位的时代，婚姻尚且得不到保障，更何况在感情日渐泛滥的今天，婚姻更是充满了许多变数。尽管你是多么有魅力的女人，但其中的一些“内乱”与纷争，难免也会让你觉得泄气与心寒。你对婚姻寄予的期望越高，所遭受的伤害也会越深重，所以作为一个女人，你也应该清醒地意识到，依靠婚姻已经是现代社会最不安全的生存方式了。

在不断重视女性价值的今天，一些女性开始在婚姻之外寻找更加独立的人格和尊严。婚姻，不再是现代女性生命中唯一重要的选择和归宿，它被赋予了一种更深层次的意义。既要有事业，也要嫁得好，鱼和熊掌两者皆要兼得，这是现代女性的时尚婚姻宣言。事业，可以让女人从精神上找到寄托，同时使女人在经济上得到独立。

但是现在依然有很多女性将婚姻当成自己的依靠，她们永远想不明白这一点：经济不独立的女性，就算自己的家人或另一半再怎么有钱，心里也会隐隐地有种不安全感，要知道，在婚姻生活中，不管你处于怎样的地位，当你伸手向你的另一半拿钱时，你们的爱情、婚姻生活也就无快乐而言了。你拿了你丈夫的钱，就必定会在某些方面受制于你的丈夫。当你受制于他时，你就必定要去做一些自己不情愿但必须要去做的事情，那么不安全感便会充斥于你的生活当中。

还有些女人会如此给自己找借口：“我们生活在男权社会中，自己再有才，去努力、去争取获得了成功，别人也会认为那只不过是男人看面子对我们稍微做出的让步而已。绝大多数的情况下，还是要栖息在男人的羽翼下，那里才是最安全的。”

如果你也这样说，那你就不得不要为自己以后的安全考虑一下了。男人的羽翼固然能够为你遮风避雨，但是我们且不说那双羽翼是否会发生一些不可抗拒的意外，如果他们的羽翼张开后，下面多了一个被保护者，或者干脆换一个需要被呵护的，你该怎么办？难道你就甘愿蹲在旁边，祈求他能够将一点多余的量施舍给你？

生活是无常的，生命中的意外都随时有可能会发生，因此对于那些依赖成性的女人们，是否也应该思考一下，如果有一天你的生命发生意外状况，自己是否有自给自足的能力？如果有一天你爱的人，失去了保护你的能你，你是否从能够从这种不幸的遭遇中勇敢站起来的，并且给予他生活的力量？

我们不能否认，并不是每个人女人都希望自己变成女强人，也并不是每个女人都有能力、有机会成为女强人。但是，经济独立还是应该成为每个女人的追求。

具有一定社会阅历的女人通常会有这样的感悟，即对于大多人来说，重要的不是对与错，而是话语权。如果你没有话语权，那么即使你想要帮助别人，或者想要表达自己的感情，也是有心无力的，这不仅决定你是否有能力付出，同时也将决定你的社会和家庭地位。女人，虽然不必成为家庭的领导者，但是也一定要为自己争取足够的话语权，而获得话语权的关键，当然就是要完成经济上的独立甚至强大。

“男人负责赚钱养家，女人负责貌美如花”，虽然是新时代的社会风尚。但是，聪明的你一定要为自己长远的幸福做准备，男人可以一直赚钱养家，你能够一直貌美如花吗？如果现在的你是凭借“貌美如花”向老公要钱，那么当你不再貌美如花时，是否要靠牺牲自己的原则来换取他的经济支持呢？或者不用你芳华逝尽，只需他对你厌倦，很可能就会卡住你的经济命脉，然后对你吆三喝四，让你完全失去家庭地位。如此一来，连原则都可能丢弃的你，又有什么幸福可言呢？

也许你很靓丽，也许你很娇美，也许你很懂得如何取悦别人。但是所谓“强者自强”，若不走出要人养的误区，你永远是弱者。女人，唯有经济独立才是最具魅力的。

所以，现代女性应该要变得理性起来，特别是那些有赚钱能力的女人们，不要只凭自己一时的懒惰与矫情就随便将自己的全部托付给周围的男人与现实的婚姻，而是应该勇敢地从处处受限的温室中站出来，将自己托付给更为实际的金钱，唯有经济方面的独立才能让你获得切实的安全感！

不要浪费身边的任何人

经营人脉，建立关系网，绝不是为了获得某种“关系”，从而凭着不正当的竞争手段谋取暴利。经营人脉，是一件与提升自己工作能力相辅相成的事，是为了让更多的人知道自己的价值，从而获得最大限度地发挥自己才能的机会。

我们知道，张幼仪在德国学习的是幼儿教育，接受的是教书训练，跟管理银行有天壤之别。但是，当上海女子商业储蓄银行的人找到她的时候，她没有迟疑地抓住了这次机会。

张幼仪知道，虽然自己没有管理银行的经验，但是有这方面的人脉资源。她人头熟，四哥是中国银行的总经理，又参与创办了《银行周刊》这份讨论中国问题与经济问题的刊物，她可以运用四哥的影响力守住银行的钱。

事实证明，张幼仪的决定是正确的。在她管理银行期间，一次又一次地带领上海女子银行走出困境，最终成了一个名副其实的银行家。

要想采摘成功的果实，不仅需要勤奋苦干，而且还需要借助他人的力量。

纵观古今，但凡成功人士，无一没有贵人相帮，是他们的人脉关系支撑着他们在这个纷杂的世界中取得了骄人的成就，立于不败之地。

“世界第一人脉专家”哈维·麦凯说：“建立与维系人脉。是最被低估却最为重要的管理技巧。”个人能力就算再强，也是有限的，我们需要的是人脉，是众人的推动力。只有建立起自己的人脉关系，我们才能在职场中迅速发展壮大起来。

良好的人脉资源是我们的跳板，是我们青云直上的良好臂助。真正的人脉不在于多少，而在于是否精，是否有能力。经营人脉和交朋友是一样的，万两黄金容易得，知心一个也难求。所以，真正的精英人脉越真实，越有能力越好。有些人脉只是酒桌上的朋友，平时说什么，他们就会答应什么，等到你真的出事了，他们就会避而远之，这时，你再找他们，就再也找不到了。

在庞大的人际网络中，你既是其中渺小的一员，也是属于自己人际网络的中心。每个人都有各有自己的人际价值，只有把自己和朋友的价值联系在一起，才能彼此传递更多的价值。当你牵线搭桥介绍两个原本不认识的朋友相识时，不仅是他们之间通过你建立起联系，你的人际网络更会在无形中被拓宽，你的人脉资源也会越来越丰富。

于是，当你遇到麻烦时，很可能就会出现这样的情况：你的公司资金周转出现问题，这件事被自己的朋友知道了，他主动打电话问你，并且告诉你他可以给你拿出十万元，帮助你渡过这个难关；当你刚刚挂断电话，另外一个朋友的电话也打了进来，他也听说了你的遭遇，也主动提出可以拿五万元给你应急……

所以，建立强有力的人脉关系的基本逻辑是寻找并且建立自己的价值，然后把自己的价值传递给身边的每一位朋友，并且促成更多信息和价值的交流，在这个过程中，你不仅收获了人脉资源价值，而且还可以让你的人脉网络得到无限地扩展。

梦想是用来实践的

张幼仪之所以能够在那个时代，在商场里占有一席之地，除了她自身的本领以及良好的人脉资源之外，更为重要的一点就是她的敬业。

她在银行上班的时候，把自己的办公桌摆在最后头，为的是能够将银行前面的情形尽收眼底。她每天早上9点整准时到办公室，其他员工都会迟到，只有她分秒不差，她说这个习惯是从德国学来的，众所周知，德国人是出名的准时、严谨，张幼仪正是以德国人的严谨态度来工作的。除此之外，作为云裳公司的总经理，她也是盯牢所有的事，事必躬亲，没有一天松懈。

不少女性朋友在初入职场的时候，会有这样的误解：我是名牌大学毕业的高才生，应该站在一个更高的起点开始自己的职业生涯，这样才符合自己的追求，而那些基层的工作怎么也不会轮到自己去做，有了这样的思想之后，她们就会排斥基层工作，忘掉自己的本职工作。

其实，任何一个人，不管你有多么长远的目标，兢兢业业地做好本职工作才是实现人生大志的第一步和最基本的一条。你一定要明白，许多时候，态度决定成败，敬业精神决定成就的大小。只有全心全意地投入工作，潜能才会得到充分地挖掘，才会改变人生际遇，才能实现你丑小鸭变成白天鹅的美梦。

那么，怎样才算得上敬业呢？敬业，就是恪尽职守，敬重自己所从事的工作，并引以为自豪。敬业所表现出来的就是认真负责，用心投入，并且做到善始善终。好高骛远，对自己的工作不负责任的人，也是对自己人生不负责的表现。

敬业作为一种可贵的职业操守，是人们积极进取的原动力，是一个人在工作过程中必须具有的精神。那么，职场女性，如何才能摒弃自己敷衍的态度，做一个具有敬业精神的女人呢？

首先，千万不能抱着“我是个女人，我最大的目标是拥有一段美好的婚姻，做不好工作我就找个人嫁了，反正还有老公养着……”这样的心态，只能够让你对工作敷衍了事，因为你没有从根本上重视你的工作。所以，你必须树立敬业意识，因为意识决定人的行动，只有把敬业根植在自己的思想中，才有不屈不挠，忠于职守的信念。

其次，要摒弃掉所有的诱惑，这一点对于女人来说尤为重要。在职场中，女性面对的诱惑是来自多方面的，只有能够抵得住诱惑，才能坚定、执着的追求自己的理想。

最后，记得付诸行动，不能做思想的巨人，行动的矮子。只要是你认为对的事情，不可优柔寡断，必须马上付诸行动。如果你缺乏立即行动的习惯，那么在你身上所体现的，将是懒散、拖沓，这样下去终将一事无成。很多女人最缺乏的就是立即行动的魄力，要突破这一点就要让自己变得有决断。

处理好工作与生活的关系

张幼仪在她的职业生涯中，是身兼数职。她既是上海女子储蓄银行的副总裁，又是云裳公司的总经理，但是我们不要忘了，她还是一个孩子的母亲。一个人要想拥有健全的人生，家庭和工作都是不可缺少的。怎样平衡两者之间的关系就尤为重要了。

其实张幼仪虽然在工作中样样出色，但她并不是一个为了工作而忘了生活的人，她的生活总是有条不紊的。她是一个称职的母亲，下班后会帮着儿子阿欢做功课，试着检查出儿子错误的内容；她也是一个懂得调节生活的人，她每星期打三次麻将，每次都是从晚上八点开始；她还常常在家里款待她的二哥和四哥，他们爱到她家胜过上馆子……可以说，张幼仪不管是工作中，还是生活中，她都认真负责地扮演着自己的角色。

现在社会，有很多职业女性总是强迫自己无休止地工作，工作几乎成了生活的唯一内容和支柱，她们被称为工作狂，如果让她们休息片刻，她们也会认为纯粹是浪费时间。然而，在这样的拼命工作下，并没有带给她们任何幸福的感觉，她们中的很多人不但最终没有成功，反而感受到难以解脱的束缚、深刻的无力感与无奈，有的甚至疏远了亲人，淡漠了感情，家庭破裂者也不在少数。

此外，还有一些职业女性，为了家庭而放弃了自己的事业。

很多女性在结婚、生孩子之后不知不觉对工作的态度有所转变，失去了从前的进取心，事业处于停滞不前的状态；还有一些女性是受到了一些突发事件的影响，比如家中亲人去世、失恋等，在打击面前，她们首先放弃的是自己的事业。在这种情况下，最终要么因工作做得不好而失去了经济基础，要么因灰心失意丧失了人生目标，每天混沌度日。时间长了，对女性的身心也造成了巨大的伤害。

可以说，像张幼仪一样让生活充满秩序，有规律地工作与生活，这才是一个现代职业女性处理生活与工作关系的正确方式。那么，现代职业女性应如何让自己的生活充满秩序，以减轻压力更好地投入工作之中呢？对此，社会学家建议遵守以下这些原则：

首先，培养高雅的爱好。很多成功女性都充分利用业余时间培养自己的爱好，业余爱好与本职工作并不矛盾，这些业余爱好不但不会妨碍她们的事业，反而大有裨益：在每天忙碌的工作之余，做一些自己喜欢的事，有助于缓解工作压力，放松身心，恢复精力，还能提升自己的思考力和创造力，使生活变得更有情趣，生命更有意义。

其次，膳食合理。现在，关于食物营养方面的资讯越来越丰富，你应该随时注意有关饮食的资讯，以下是几点可帮助你达到饮食平衡的方法：

新鲜水果和蔬菜应该占所有食物中的最大比例，它们含有相当丰富的维生素和高效物质，而人体最容易吸收这些物质；你应多食的第二种食物就是碳水化合物，诸如面包、谷物和马铃薯等；鱼、瘦肉和乳酪等含有蛋白质的食物是非常重要的食品，但不宜暴食，每天吃少许即可；避免油性食物，同时也应避免吃糖类含量较高的食品，如糖果和可乐之类。此外，你还应摄取其他的食物，以供应身体不同的需要，不要偏食。

最后，充足的睡眠。睡眠时间要充足。一个人如果睡眠良好，身体和情绪都会放松下来。睡不着的时候，可以起来工作或者看书，直到你打瞌睡为止；不要害怕失眠，你不会因缺乏睡眠而死，而害怕失眠所引起的忧虑，对你的损害会更大。试着让自己放松下来，加强运动，这样有助于进入良好的睡眠状态。

要知道，你的身体需要为第二天的活动“充电”，希望减少睡眠以增加白天工作时间的方式是最不明智的做法，一个人每天需要6～8个小时的睡眠。如果你经常失眠，通常是因为在睡觉前无法放松自己，因此切勿等到你精疲力竭时才停止工作。你应该在一天快结束时，做一些你喜欢做，但又不会造成太大刺激的事情。你可以和你的另一半聊天、刷刷牙、整理床铺，这些动作会传达一种信息给你的身体，告诉它现在是睡觉的时候了。

综上所述，作为一名现代女性，要想拥有一个充实的人生，既要学会给工作减压，享受生活；又要在顾及家庭的同时，始终坚持对事业的不懈追求，这样的人生才是完整的人生。

Part 8

不忘初心，方得始终，你要的岁月终会给你

——原谅生活，是为了更好的生活

张幼仪一生恪守中国传统道德，她做了她所能做的，即使不能成为新时代的宠儿，也能以自己的努力，赢得人们的敬意。

尊重这个世界

世间有许多事情自始至终从未正确过一秒钟，徐志摩与张幼仪的婚姻就是如此。徐志摩曾说张幼仪和他的婚姻就像“小脚与西服”这样不搭调，但事实上，张幼仪并不是小脚，她思想的裹脚布也没有缠得那么紧，她从小好学上进，意志力极强，远胜于当时很多年轻女子。

既然如此，为什么徐志摩会如此嫌弃她呢？很多人会认为，当一个男人把不爱一个女人，归罪于这个女人的精神层面时，常常只是掩饰对她外表的不满。但我们可以看到张幼仪的几张照片，她浓眉大眼，端庄清澈，单从照片看，绝不亚于陆小曼，她的衣着也绝不逊色于当时的任何一个名媛，但是当徐志摩第一眼看到她照片时，就不屑地说：“这个乡下土包子。”

可见，徐志摩是“为了嫌弃而嫌弃”，并不是因为张幼仪条件太差，而是因为他反感包办婚姻。作为新时代拥有新思想的徐志摩，对于包办婚姻，是激愤热烈得视之如仇，可以说，从徐申如答应这门婚事的时候，张幼仪的命运就被注定了。

正如柏拉图曾说的：“个体在另一个人身上寻找的，不是他自己的另一半，而是与他的灵魂结合在一起的真理。”张幼仪显然不是徐志摩的真理，在徐志摩的眼中，林徽因以及后来的陆小曼这样的新式女子才是他追求的真理，张幼仪几乎不幸地站在了真理的对立面。

徐志摩在邂逅林徽因后，便登报申明与张幼仪离婚，对于一个旧时代的妇女，这中间有多少羞辱和难堪？但是，张幼仪并没有因为而抱怨这个世界对她的种种不公平，而是在离婚后找到了真正的自己，打了一个漂亮的翻身仗。

梁实秋先生在回忆起张幼仪时说道：“她是一位极有风度的少妇，朴实而干练，给人极好的印象……凡认识她的人没有不敬重她的，没有不祝福她的。她没写过文章，她没做过宣传，她没有说过怨怼的话，她沉默地坚强地度过她的岁月，她尽了她的责任……”

说张幼仪是“坚强”的代名词一点都不为过，在她身上看到的不是女性的柔弱，而是柔韧。

现实生活中，有相当一部分女人遭逢生命变故的时候，总会不停埋怨老天：“为什么是我？”“为什么我就这么倒霉？”“我为什么这么命苦？”……接着，便是对自己经历的坎坷、挫折大肆地描述，试图让他人相信，她是这个世界最不幸的人。可是，没有人一生都是一帆风顺的，每个人多多少少都会遭遇一些艰难险阻，会“被挫折上一堂课”。你可以选择怪罪别人，诅咒老天爷不公平，但这些都不能改变事实，即使哭哑了嗓子，事情也不会无缘无故的好转，最终仍要坚强的面对。

事实上，这个世界到底怎么样才算“公平”？也是仁者见仁智者见智的问题。不同的人，对于公平有着不同的定义，世界上本就没有绝对的公平。每个人从来到这个世界上的那一刻起，就注定了和他人有所不同。比如，出身的家庭背景不同、受教育的程度不同……如果这些方面全都是绝对的“公平”，那反倒是另一种“不公平”了。

抱怨的本质就是人们想通过抱怨的途径得到什么，但事实证明，不管从哪个方面说，抱怨都会让你得不偿失。因此，聪明的人应当考虑用正当的途径得到自己想要的东西，抱怨永远只能让你成为最大的受害者。

有人曾说：“这个世界上最多的东西有两种，一是穷人，一是抱怨，且两者之间存在着鸡和蛋的关系。贫穷（抱怨）孕育了抱怨（贫穷），抱怨（贫穷）又腐化了贫穷（抱怨）。人们越穷越抱怨，越抱怨越穷。”这句话似乎有些绝对化，但也不无道理。人们之所以抱怨，还是在于一点：希望抱怨给自己带来某些好处。可事实上呢？越是抱怨，就越是贫穷，因为所有的精力都用在怨天怨地怨别人的身上了，从不正确地认识自己和自己的处境，不想办法解决。到最后，自己就成了抱怨的最大受害者。

归根结底，抱怨无用，它不能证明你自己，也不能解决问题，只能让你丧失理智，将事情恶化。所以，不管什么时候都要记住一点，我们的目的不是发泄情绪，而是要解决问题，如果抱怨有用，我愿意一抱再抱。

作为一个真正强大的女人，碰到令人伤心的事情发生时，你第一个念头要告诉自己：“它来了！这是必经的进程，只有自己能帮助自己，所以我要勇敢面对，现在就想办法处理！”不断用心灵的力量来为自己打气，然后要比平时更振作，才能让自己走过生命的黑暗期，迎向灿烂的光明。遇到困难时，越是坚强的女人，越有一股让人尊敬与心疼的魅力，唯有自己表现得更坚强，别人才能帮助你、欣赏你。

人生最美的补偿

按说，离婚了，张幼仪完全可以拍拍手，自此与徐家再无瓜葛，但是她却没有。张幼仪是一个有情有爱的女人，在公婆要求收她为义女时，她答应了。想想徐志摩的父母也是够难为张幼仪了，张幼仪爱公婆，无非是因为他们是徐志摩的父母，现在连婚姻都没有了，还要扯上这层关系，的确是有点强人所难。

在徐志摩遇难后，张幼仪依然以义女的身份照顾着曾经的公婆。他们的孩子更不用说，就连徐志摩台湾版的全集，也是张幼仪亲自指导整编出来的。徐志摩死后，徐申如每个月供陆小曼300元的生活费，而徐申如辞世后，张幼仪每个月依然放300元到陆小曼的账户上，因为在张幼仪看来，供养陆小曼是儿子的责任，她是代儿子尽责。

其实，徐家对于张幼仪来说，并没有什么一定要尽的责任，更不用说陆小曼了。但是张幼仪并没有如此计较，反以为儿子尽责的名义资助陆小曼，让人不得不佩服她的以德报怨。张幼仪的善良虽说在当时并没有得到什么实际的回报，但是终其一生，她在徐志摩父母的眼中，都是一个称职的儿媳。后人如此敬佩她，很大一部分原因也与她的这些无私的付出有关。

梁实秋在《谈徐志摩》一文中就如此评价她：“她沉默地、坚强地过她的岁月，她尽了她的责任，对丈夫的责任，对夫家的责任，对儿子的责任——凡是尽了责任的人，都值得尊重。”

俗话说“每个人心里都有个小九九”，意思就是说每个人都免不了会在某一个特定的时刻针对某个特定的事件打自己的算盘。实际上，这是关于人生的取舍，无可厚非。但有些人时时处处算计，且时时处处是为自己算计，这样的人叫作自私。他们凡事先替自己打算，看看这件事是做了对自己好，还是不做对自己好，却完全不顾及他人的处境。

但我们还有一句俗话，叫“好人有好报”，人生在世，每个人都会遇到这样或那样的困难。如果我们能够向身边处于困境的人主动伸出援助的手，常常帮到的不仅仅是他人，我们自己也多能从中受益。

很多时候，人际关系的纠纷，都与利益有直接的关系。面对纠纷我们不能总是抱怨别人侵犯了我们的利益，而是应该反思自己是不是考虑过别人的利益。人说，与人方便，与己方便。只有我们给别人提供一些利益我们才能维护自己的利益。有的时候，我们帮助别人只是举手之劳，但却能因此得到意外的机会和收获。所以，我们要舍弃一些不必要的自我意识，帮助别人做一些力所能及的事情。

爱默生说：“人生最美丽的补偿之一，就是人们真诚地帮助别人之后，同时也帮助了自己。”我们在帮助了别人的时候，会得到来自心灵的愉悦，或者说从心理上充实了自己，使自己也得到了快乐。其实帮助别人也就是在帮助自己。

美国一家心理学杂志做的一次心理问卷调查结果表明，经常帮助别人的人明显比不喜欢帮助别人的人幸福感强；从精神病学的角度来看，前者患抑郁症的可能性要比后者低得多。所以，帮助别人的结果往往是双赢，既帮助了别人，也获得了内心的满足感。

在现实生活中，有些人常抱怨人际关系复杂，知心朋友难觅。造成这种局面的原因可能是多方面的，但其中最重要的因素恐怕是平时考虑自己过多，帮助别人太少。不注重平时的“情感投资”，只想着“临时抱佛脚”，缺乏好人缘，能怨别人吗?

俗话说，“人心换人心”。谁愿意与自私自利的人为伍呢？而那些不计个人得失、真诚去帮助别人的人，“人气指数”注定是节节攀升。例如张幼仪真诚地帮助别人，尽管为此付出了时间和精力，但却为自己赢得了和谐的人际关系和别人的尊重。

留一个温暖的角落，让宽容栖身

“我是秋天的一把扇子，只用来驱赶吸血的蚊子。当蚊子咬伤月亮的时候，主人将扇子撕碎了。”张幼仪曾如此诠释自己曾经的苦，原来如此隐忍坚强的她，心中的痛也是难以愈合的。

事实上，我们怨恨别人、不原谅别人，常常是因为我们在自己的脑子里事先预设了一些别人的行为，如果对方违反我们的预设就会引起我们的怨恨。可是，别人怎么会知道我们心里的预设呢？即便知道谁又有义务必须要按照我们的预设来行事呢？所以，细想起来，这种因为别人对我们的预设置之不理就怨恨不已的做法，实在有些可笑。

更可笑的是还有一些人，以为只要我们不原谅对方，那么对方就可以从中得到一些教训。举个简单的例子，比如对方曾经无意间打翻了你最心爱的花瓶，你再也不可能买到一模一样的花瓶，所以你无法原谅他，视他为死敌，打算老死不相往来。以为这样，对方就会永远对这件事过意不去，就会永远都对你心怀歉意。你以为：只要我不原谅你，你就没有好日子过。可实际上，真正倒霉的人却是我们自己，我们一天不能原谅对方，那一肚子窝囊气就不能离开我们的身体，甚至会搅得我们连觉都睡不好，或者会气出病来。可是，那个你认为因此而受到惩罚的人呢？早就把这个事抛到了九霄云外，你不认他做朋友，自有别人与之成为朋友。他不会因为你的不原谅而有什么损失，最多就是少了一个好朋友，或者一个亲人，可同样你也好不到哪去，他失去的你也失去了。

这又是何苦呢?

那么，既然怨恨毫无裨益，不如宽容吧。当你觉得已经原谅了一个人的时候，不妨试着闭上眼睛，体会一下此时的心境，感受一下现在的身体。你会发现：放下别人犯的错误，自己也感到了轻松和快乐。

宽容对于改善人际关系与身心健康都是十分有益的。如果你都以宽容之心去对待你周围的人，就自然会忽略他们在生活、工作、学习过程中的一些过失，能够有效地防止事态扩大而加剧彼此之间的矛盾，避免产生严重的后果。事实证明，不懂得宽容的人只会使烦恼和痛苦殃及自身。过于苛求别人或苛求自己的人，必定会使自己处于极为紧张的心理状态之中，也不容易感受到快乐。

哲学家说，宽容是一个人的修养和善良的结晶；心理学家则说，宽容是家庭生活的一剂调味品，此言极是。常言道：“金无足赤，人无完人。”面对别人的错误、过失，聪明的做法就是宽容待之。宽容别人的同时也是在宽容自己，是在解脱自己。倘若人与人之间没有宽容，恐怕我们的生活将会充满仇恨与报复，人们也感受不到幸福的滋味。

所以，宽容不但是一种胸怀，更是一种睿智。当我们从内心深处原谅了别人，就好比给自己的心灵撑起一把大伞，挡住伤害，留下温情。当然，宽容并不容易，宽容伤害我们的人更难。但无论如何，伤痛的曾经已经死去，我们更应该珍惜现在的美好，不要再对无法挽回的东西耿耿于怀。

当一个人懂得了宽容，也就打开了更为广阔的生命空间，就能真正领悟了生命的内涵，从而站到比别人更高的位置，看待问题和处理事情也会更加透彻和有效，也更会了解人生残缺的本质，它会令你体谅人性的弱点，走出生命的盲区，成为生活的智者。

所以，宽容那些曾经让我们不快或者心痛的人吧。

一张写满刻薄的脸

我们知道，张幼仪是一个时间观念很强的人，在她任职上海女子储蓄银行副总裁期间，她每日九点准时来到办公室，分秒不差，但是对于迟到的同事，她总是抱以宽容理解的态度，让他们不要挂在心上。

生活中，有很多女人对人对事总是很挑剔，说起来话来总是很刻薄。同时，她们又都是在人前夸夸其谈，口若悬河的人，对任何事物都想发表一下自己的所谓高见，并希望得到别人的附和，可是她们所表达的往往只是一种偏见，处处显示着挑剔和刻薄，所以很少有人会站在她们这边。

有男人曾说，宁愿少活十年也想娶个美女为妻。由此可见，女人如果长得漂亮，天生便会集万千宠爱于一身。漂亮的女人可以任性，因为自然会有男人去包容；漂亮女人可以懒散，因为自然会有男人为她们当牛作马；漂亮的女人可以败家，因为自然会有男人心甘情愿为她们付出；漂亮女人可以泼辣，因为自然有男人愿意宠着她们……漂亮女人有千种万种的缺点都没关系，但是千万不要挑剔和刻薄，女人一旦沾染上这个坏毛病，无论长得多漂亮，都会变得人人嫌弃，因为再美丽的容颜，都会因为挑剔和刻薄而变得丑陋不堪。对于男人来说，最忍受不了的就是经常对自己冷嘲热讽的女人。反过来说，即使女人长得不漂亮，但如果有一颗宽容大度的心，那么也会给人舒服的感觉。

挑剔、刻薄的女人，通常会非常固执和任性，如果坚持了某一观点，即使面对全世界的反对也不会轻易放弃。但是，她们所坚持的这些观点却常常是有悖常理的，不符合逻辑，甚至有些荒诞的。比如，就是不喜欢穿红颜色衣服的人，就是喜欢歪戴帽子的人，吃到有籽儿的橘子就会吐……很多女人身上都或多或少有类似的特性，这大概也是女性的虚荣在作怪吧。

如果说这种挑剔还算有点小个性的话，那么有一种女人的挑剔和刻薄就有些让人生厌了。她们挑剔所有的事物，总是认为这个也不行，那个也不好，似乎老天爷做了什么亏待她们的事情。她们嘴边经常挂着这样的话："瞧那人那德行，真没素质！""看看这都是什么破烂玩意，简单是品质低劣！""你以为你是谁啊，也不照照镜子，丑得跟猪八戒似的！"

认真听一下她们所说的这些尖酸刻薄的话，你会发现她们的心态有一个特点，那就是看上去很激昂，实际上却很消极，最擅长的就是诋毁。她们的潜意识认为，"如果全世界不是为我而生的话，那么就都该毁灭"。

这种女人，一般来说自身并没有什么优势可言，很可能无才也无貌，更没有可以炫耀的家世资本，或许选择用尖酸刻薄的言辞来挖苦和讽刺别人才能让她们有机会显示自己吧，真是既可恨又可怜。

还有一种女人，她们的挑剔和刻薄不仅让她们自身变得越来越浮躁，而且对整个社会也会造成不良的影响。在网络上曾出现过这样一个新闻，说有一个刚毕业的女大学生，因为差几步没赶上公交车便一怒之下将公交公司告上了法庭，理由大概是缺乏服务意识之类。当时正值宣传法制意识的高潮期，所以她最终赢了官司。

当然，维权要从意识开始，越是细节的东西越不能忽略，这都没错。可是从另外一种角度来看，这种意识的加重也使得许多女人对鸡毛蒜皮的事情格外感兴趣起来。结果，她们变得越来越喜欢吹毛求疵，甚至渐渐偏离了维权意识的本意，滋生了一些无中生有、哗众取宠的无聊行径。如果她们不能够清醒一些，那么她们所谓的维权也只终将变成一种毫无意义的挑剔作为，终将受到大众的谴责。

所以说，女人可以有自己的主见，但一定不要把这些主见跟挑剔和刻薄挂上钩。你可以维护自己的权利，但是对于一些无伤大雅的小事，不如大度一点。对别人大度，就是对自己宽容。当你不再把精力放在那些无聊的事情上，当你开始反省自己，你的人生才有进步的可能。

同时，挑剔和刻薄也是一种自我伤害，因为你的无心挑剔说不定会伤害到某个人，如果对方是一个大度人，自然不会跟你计较，但如果对方是一个小肚鸡肠甚至睚眦必报的人，那么你很可能就会成为对方攻击的目标。所以，当你要发表挑剔的言行时，一定要三思而后言，不要口无遮拦。

所有的伤痛已过去

一个女人最大的痛苦莫过于婚姻的失败，特别是当她嫁的是一位名人时，更是如此。作为徐志摩第一任妻子，张幼仪经历了常人不可想象的情感伤痛，但因为意念中那种执拗的力量，强大到最终助她华丽转身。

晚年的张幼仪曾经说过这样一段话："我要为离婚感谢徐志摩，若不是离婚，我可能永远都找不到自己，也没办法成长。他使我得到解脱，变成另一个人。"

自愈是一种能力。就像我们的身体系统其实自备了自愈功能一样，我们的内心世界也是可以一样的强大。不用请教情感专家，不用向心理咨询师求助，更不必完全依赖于倾诉解压，挫折面前，你就是自己的上帝，你就是自己的主宰。当然，做到如此这般肯定是要下点功夫的。

首先，我们要找到生活的专注点。

村上春树曾说："没有专注力的人生，就仿佛大睁着双眼却什么也看不见。"事实就是这样，你用放大镜放大自己的感情生活，那些原本可以忽略的不堪甚至丑陋势必也一同被放大。

但如果你把这份专注力移至他处，比如工作、兴趣爱好、公益慈善，整个情形肯定就大不一样。当你把目光放到那些更值得关注，或更弱势的群体身上，你就会发现自己的痛都是微不足道的小痛。

和岌岌可危的生存境遇比起来，自己的那些恩恩怨怨实在是难以启齿。越是发现自我的渺小，就会对自己越发宽容。

其次，勇敢面对自身的脆弱不安。

人人都有脆弱不安的时候，能让你释放它的地方，一定是让你觉得最安全的地方。能让你释放它的人，一定是让你觉得最安全、最不会厌弃你的人。当然，垃圾桶的容量也是有限的，如果有必要，你可以经常给它升级。

言归正题，你需要做的就是正视自己的脆弱不安。当它冲破一切地想出来的时候，压制它只会适得其反。何况，它的存在并不能证明你的悲观厌世，承认它的存在也不能说明你的无能可笑。

谁都会遇到这样的时刻，面对它，听听自己内心的声音，一切才会转危为安。

再次，试着记录自己的不满。

有的时候，发脾气不是生活出了问题，其实可能只是身体系统发出了抗议，你需要用这种方式宣泄出来。如果让你冷静想想，令你气愤的究竟是什么惊天动地的大事，你可能根本也说不出个所以然来。所以，与其先发制人、两败俱伤，不如适时收手，把想说的话写下来。有两种可能:

其一，写着写着你可能就觉得好多了;

其二，写完至少不那么纠结，放置到次日再来理会这件事，重新梳理自己情绪的时候，你会发现很多事情竟迎刃而解。

最后，和自己的身体和平共处。

把身体当作好朋友，观察它的康复周期，不要和它对着干。当你觉得身体有哪些不适，仔细回忆当时你的情绪指向。打蛇要打七寸，在容易引起坏情绪的事情上绕道而行，你的身心都会感激不尽的。

总之，创伤是一种历练，而不是一种惩罚，不要为自己遭受的挫折和创伤而贬低、否定、惩罚自己，我们也要像张幼仪一样重新整理心情和人生，和自己的伤痛和平共处，带着这种创伤留下的疼痛和成熟继续上路。

所谓命运，其实是你选择的结果

作为著名诗人徐志摩之妻，张幼仪自打被认识起，就被很多人赋予了一种自强自立而又遭同情的女性形象。个中原因，大抵与她坎坷的情感经历有关。

其实，面对徐志摩的遗弃，张幼仪完全可以选择做一个哭哭啼啼的弃妇。“弃妇”两个字，看起来好辛苦，做起来最轻松，自以为占据了道德制高点，从此就可以一劳永逸。比如当年鲁迅从遥远的日本给朱安捎话，让她放小脚，识字，朱安统统拒绝，她甘做时代的弃妇，以一种蜗牛爬墙的精神缓缓跟了鲁迅一生。反正人们会说：她的悲剧，是时代造成的。

但是，张幼仪不愿做那把秋天的扇子，忍受不爱的凌迟，她放弃了用谴责、控诉乃至自暴自弃等戏剧化的方式为自己减压，她选择了面对，在那样一个年代，顶着离婚被众人非议的压力，带着年幼的孩子重新开始。

晚年张幼仪，对爱的定义，堪称经典。有人问她爱不爱徐志摩，她答道：你晓得，我没办法回答这个问题。我对这个问题很迷惑，因为每个人总告诉我，我为徐志摩做了这么多事，我一定是爱他的。可是，我没办法说什么叫爱，我这辈子从没跟什么人说过“我爱你”。如果照顾徐志摩和他家人叫作爱的话，那我大概是爱他的吧。在他一生当中遇到的几个女人里面，说不定我最爱他。

这样的回答，厚积薄发，就像一个依靠勤奋取得好成绩的学生，嘴上谦逊着，可内心磅礴的自信，无意中，还是透露出一种彪悍。

很多女人都相信，一个人从呱呱坠地起，上天就已经决定好了她的命运，自己并不能主宰。所以在现实生活中，不少女人对星座算命情有独钟，只要聊起有关此方面的话题，她们一定兴致盎然、眉飞色舞。

不少女人像赌徒一样相信自己的“运道”，格外地关注和迷信那些深不可测的预兆。她们把自己的幸福和梦想寄托在算命上，尤其在工作、爱情和婚姻的难题面前，在遭遇失意和彷徨时，会更依赖算命。这或许是她们在寻找一种方式，来加强和肯定自己的信念和选择，或许是无计可施之时的一种权宜之计，她们希望从算命中寻找到让自己迷茫问题的答案，比如，自己该从事什么样的工作，嫁什么样的老公，什么时候结婚等。

那么，一切真的是命中注定吗？纵观古今中外，的确曾经有一部分人把主宰自己命运的权力交给了神，交给了上帝。但是，当人们通过自己的努力把命运的主宰权收回之后，惊奇地发现，人类是可以掌握自己命运的。因此，觉悟的人们，一直在不懈地奏响着自立、不屈、抗争的命运交响曲。

现代科学研究成果也表明，人类是目前宇宙中最高级、最具灵性的存在者，正所谓“天地之性，人为贵”，根本不存在什么主宰人类命运的神或其他东西。

在同一个社会环境中，之所以人的命运会表现出很大的不同，主要是由一系列客观条件和主观条件的不同造成的。其中，主观条件即内因是人的命运变化的根据，具有决定性；客观条件即外因，是通过内因发挥作用的。由此，我们可以得出如下结论：每个人的命运，既不在上帝手中，也不在别人手中，而是握在自己手中。只有能主宰自己命运的人，才能成为人生的强者。

在2000多年前，古希腊思想家柏拉图曾经说过：“命运是人生中的第一学问。”的确，每个人都想力图改变自己的命运，让自己成为命运的主人，然而挑战命运就如同一场没有硝烟的自我持久战，需要有顽强的决心和持之以恒的毅力做后盾。

可以说，人的一生都要经历很多的磨炼、坎坷，每个人都有自己的命运并且命运从来不会因为你的怯懦、自暴自弃或者仇恨而改变对你的态度，所以，亲爱的女性朋友，如果你不想做命运的奴隶，被命运牵着鼻子走，就不要向命运低头。用自己的双手创造自己的未来，用自己的双手去改变自己的命运。即使在厄运面前，也应该像那些坚韧的荆条一样，坦然接受命运的安排，然后将自己生命的根系，深植于岩石的缝隙，让生命的花朵盛开在石头之上，只有这样，你才会收获成功的喜悦，赢得一个精彩而又充实的人生！